Les nouveaux territoires

GRACE LY

Les nouveaux territoires

ROMAN

HarperCollins
traversée

Ce livre a bénéficié d'une bourse du Centre National du Livre et d'une résidence soutenue par la Région Île-de-France.

HARPERCOLLINS FRANCE
83-85, boulevard Vincent-Auriol, 75646 PARIS CEDEX 13
Tél. : 01 42 16 63 63

www.harpercollins.fr
contact-sitehc@harpercollins.fr

ISBN 979-10-339-2579-8 — ISSN 2724-9972

À Nhep Hay, mon père.

L'ARRIVÉE

À l'instant où tu foules le sol d'une terre neuve, tu ne peux plus vraiment savoir de quoi tes journées seront faites. Les gens ont beau préparer le terrain, dresser des listes, empiler les guides, prier des saints ou ronger leurs ongles, ça ne change pas la face du monde. Qu'on se sente épuisé, excité, terrifié ou qu'on vienne les mains dans les poches, personne n'est tout à fait prêt à vivre l'inconnu.

Moi, avant que je parte, on ne m'a rien dit. J'ignorais donc que ma vie allait m'échapper de bout en bout. C'est sûrement mieux ainsi, sans ça je ne me serais pas jetée à l'eau. À l'aller, j'ai voyagé en Economy. Comme je ne suis pas très grande, je n'ai pas eu à me plaindre par rapport à mes jambes. Contrairement au gars côté couloir, qui a fait un scandale pour une histoire de sortie de secours. En revanche, j'étais assise derrière une femme qui a dormi d'une traite les douze heures de vol. Elle n'a pas relevé son siège quand l'hôtesse a distribué les plateaux-repas et, bien sûr, je n'ai pas osé la réveiller. Résultat, rayon de braquage minimal entre ma bouche et la tablette pliable. J'ai manqué à plusieurs reprises de planter ma fourchette dans son appuie-tête. À la fin, j'ai tartiné une lichette de camembert sur le bord de l'écran incliné. C'est la dernière fois que j'ai mangé du camembert, parce qu'à Hong Kong tout ce qui est importé de France vaut son pesant d'or.

Je t'avoue qu'avant de monter dans l'avion je ne savais pas grand-chose de Hong Kong, un bout de terre grand comme La Roche-sur-Yon. J'étais loin de me douter de l'agitation qui y règne. Je m'imaginais vaguement des studios de tournage, car j'avais en mémoire les séries télé de ma mère, qui montrent des triades, des tripots, des super flics et des vedettes au brushing imposant. Petite, je chantais les génériques a cappella, et parfois il m'arrive d'écouter une playlist Cantopop 80s sur YouTube quand je pense à elle. J'ai toujours senti que mes parents portaient Hong Kong dans leur cœur. Mais, si je n'avais pas vu l'itinéraire du vol se dessiner en pointillé pendant le trajet, je n'aurais pas su placer sur une carte ce minuscule point au bord de la mer de Chine. On ne le voit presque pas. Presque comme moi.

Quand l'équipage baisse la luminosité dans la cabine, je ne parviens pas à fermer l'œil. C'était prévisible. Je promène mon regard sur les autres passagers. La plupart ont les yeux rivés sur un film, d'autres les cachent sous un masque. Je me demande si, parmi eux, il y en a qui partent à l'aventure. Ont-ils le ventre noué ou le torse bombé ? Savent-ils déjà qu'ils se sentiront perdus à l'arrivée dans ce grand aéroport clinquant ? Ils ne pourront plus lire les enseignes dans la rue, ni les directions sur les panneaux du métro. Des choses qu'ils pensaient acquises vont exiger des efforts disproportionnés : demander l'heure, prendre un taxi, trouver de l'aspirine. Même l'agencement des rayons du supermarché est une remise en question.

Dans le tas, il doit y avoir des grands voyageurs, des familles qui rentrent pour les vacances, des habitués du décalage horaire. Difficile de dire qui a le mal du pays et qui est soulagé de fuir. Les uns seront là le temps d'un visa tourisme, d'autres pour six mois, trois ou cinq ans. Si ça se trouve, quelqu'un a aussi pris un aller simple sans filet. Impossible de faire la distinction entre celui qui tourne la page et le profil aux dents longues qui booste un plan de carrière. D'un terminal à l'autre, on a tous les traits qui s'étirent et le teint fade sous les éclairages linéaires des compartiments à bagages.

Le type bien rasé au rang d'après mate un blockbuster. Il travaille probablement dans la finance, la tech ou bien il dirige une usine à Shenzhen, filiale d'une multinationale qui veut se tailler une part du gâteau chinois. Autre hypothèse, il n'a pas encore de contrat et en attendant il s'est dégoté un petit job en restauration. Tout est possible, il a des ambitions démesurées, happé par la quête d'une herbe plus verte, comme les explorateurs, les mercenaires et les fonctionnaires impériaux avant lui.

Celle avec des grands cheveux électrifiés par l'altitude a l'air d'une avocate ou d'une prof de Pilates. Qui sait, elle retrouve peut-être son âme sœur pour parcourir le continent, main dans la main. C'est beau, non ? Et pourquoi pas ? Il y a des gens qui le font, je l'ai lu sur Internet. De toute façon, ce ne sont que des suppositions. Pendant que l'appareil fend les nuages le long du tropique du Cancer, rien n'est certain sauf ce gloubi-boulga de désirs, de rêves et de frustrations, à quoi j'ajoute un soupçon de psychologie de comptoir et un petit côté romance à l'eau de rose qui m'a souvent desservie.

Lors de la descente, les reliefs s'estompent, les angles s'arrondissent, les irrégularités s'atténuent. Le temps de la perte d'altitude est le calme avant la tempête. Les ceintures sont maintenues dans la boucle par le signal lumineux. À travers le hublot, je regarde la ville nous ouvrir les bras. Puis le train d'atterrissage se déplie et atteint les balises des pistes qui convergent à l'infini.

Au terminal de Chek Lap Kok, les candidats à l'immigration attendent dans des files plus zigzagantes que celles d'un parc d'attractions. Des parents portent leurs enfants assoupis en espérant qu'une petite semaine suffira pour rattraper le *jetlag*. Les managers scrollent sur leur portable, récupèrent les mails, traitent les urgences survenues en leur absence. Un agent de l'aéroport me montre le point de contrôle « *Hong Kong – China Residents* », mais je secoue la tête et sors mon passeport bordeaux arborant les armoiries de la République. L'agent ne pouvait pas suspecter la couleur de mes papiers d'identité : je suis une Française aux origines asiatiques, parce que mes parents sont nés au temps de l'Indochine, fruit du va-et-vient des paquebots du Pacifique à la Méditerranée.

L'agent pointe alors du doigt l'autre direction pour que j'aille grossir la longue queue des 鬼佬 *gweilo*, le nom donné aux Blancs en cantonais. Une fois les valises récupérées au tapis roulant, les passagers du vol AF 185 se dispersent dans la ville par tous les moyens. Les Business et les First auront une berline européenne avec chauffeur qui les attend au dépose-minute, mais la majorité prendra un taxi rouge, un bus ou, comme moi, l'Airport Express jusqu'à Tsim Sha Tsui. Je ne verrai plus jamais leurs visages ou, si je les recroise un jour dans un bar à expats ou une soirée cocktail du consulat général, je ne les reconnaîtrai pas.

Devrais-je me sentir heureuse d'être à destination ? Je suis arrivée à bon port mais, où j'en suis précisément, c'est la grande question. Le vol long-courrier est à peine derrière moi qu'une autre traversée, plus vaste encore, s'esquisse en même temps que se déclenchent les portes automatiques de la navette aérienne vers le centre-ville. Je prends une longue inspiration. Dehors, le jour se lève, les paysages se bousculent et les petites fenêtres illuminées des immeubles émaillent le ciel chargé. Je me sens poisseuse, mes cheveux sont gras et ma bouche est pâteuse. Je pense à un grand verre d'eau fraîche et je ferme les yeux.

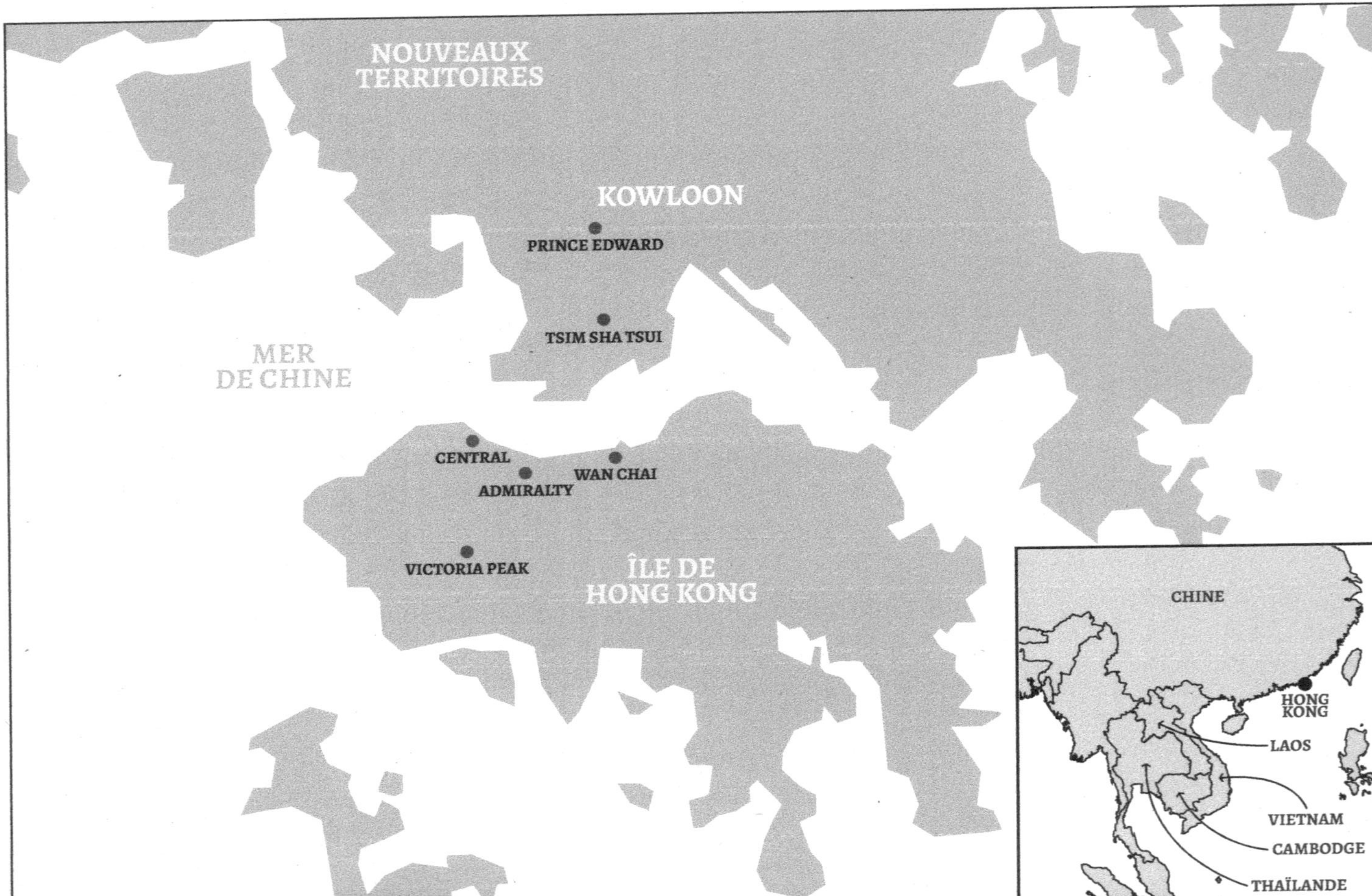
NOUVEAUX
TERRITOIRES
KOWLOON
PRINCE EDWARD
TSIM SHA TSUI
MER
DE CHINE
CENTRAL
ADMIRALTY
WAN CHAI
VICTORIA PEAK
ÎLE DE
HONG KONG
CHINE
HONG
KONG
LAOS
VIETNAM
CAMBODGE
THAÏLANDE

LE GUIDE DU GLOBE-TROTTEUR

nouvelle édition

Bienvenue à Hong Kong, joyau étincelant posé en mer de Chine méridionale, où l'Orient rencontre l'Occident dans une effervescence unique. Des gratte-ciel futuristes côtoient des temples centenaires, des ruelles animées croisent des parcs verdoyants suspendus entre ciel et terre. Carrefour historique des cultures chinoise et britannique, Hong Kong est bien plus qu'une ville : c'est une expérience.

Laissez-vous emporter par sa gastronomie incomparable, goûtez les délicats *dim sum* (bouchées vapeur) servis dans des chariots, aventurez-vous dans les échoppes de rue débordantes d'odeurs. Déambulez sur l'embarcadère de Tsim Sha Tsui, profitez de la vue spectaculaire depuis le Victoria Peak, faites une halte au temple Wong Tai Sin pour une parenthèse spirituelle. Succombez au shopping au Ladies' Market, explorez le village de pêcheurs intemporel de Tai O, pariez aux courses à l'hippodrome et dansez à Lan Kwai Fong. Vous n'avez que l'embarras du choix !

Entre marchés chatoyants et îles secrètes, l'inoubliable Hong Kong promet d'enchanter tous les voyageurs, qu'ils soient rêveurs, intrépides ou gourmets. Une escapade urbaine pour en prendre plein les yeux, le cœur et les papilles.

LE PORT

La première chose que j'ai faite à Hong Kong a été d'aller au temple prier ma mère. La superstition est de famille chez nous. Pour repartir du bon pied, j'ai commencé par demander bonne fortune. Dans un temple taoïste de Kowloon, la partie continentale de la métropole, j'ai planté de l'encens devant les dieux et déesses jusqu'à ce que tout mon être suinte le santal et le camphre. J'ai imploré ma mère de bénir mon nouveau départ. Quand j'étais petite, elle m'emmenait prier 觀音 Guanyin, la déesse de la Miséricorde. On apportait des fruits en offrande et on brûlait des faux billets pour que les ancêtres nagent dans l'opulence.

Au sanctuaire de Wong Tai Sin, les fumées, les peintures, les pas feutrés des bonzes qui déambulent me semblent familiers. Je n'aurais jamais pensé un jour dire que je me sens bien dans un temple, mais la sensation de l'encens qui assèche mes globes oculaires est comme une oasis dans mes débuts tâtonnants.

Devant le grand autel, je m'agenouille sur un coussin de velours et je secoue le carquois en bambou. La tradition de la divination veut que le bâtonnet en bois plat qui en tombe soit apporté à un interprète dans l'une des petites loges en contrebas. Le devin relève le numéro du bâtonnet et me remet ma prédiction sur un feuillet rose. J'y déchiffre quelques caractères, vestiges de mes cours de chinois du dimanche : un bateau de pêche, une route vers le sud, le crépuscule. Bon sang, mais qu'est-ce que ça peut présager ?

Je lève les yeux vers le devin, qui se plonge alors dans mon avenir. À ce moment, je ne serais pas étonnée qu'il se lisse la barbichette avec les doigts. Mais il sort juste son terminal de paiement tout en me promettant un chamboulement inespéré. Incroyable, non ? J'y vois bien sûr le signe de ma nouvelle vie. Enfin, de ce que j'ai compris, car le devin a utilisé des métaphores obscures, tel Maître Oogway dans *Kung Fu Panda.* Je hoche la tête pour qu'il ne s'aperçoive pas de mes limitations linguistiques. En cantonais, je ne pige rien aux *news,* et encore moins aux oracles. Je suis beaucoup plus à l'aise pour commander au restaurant et lâcher des gros mots une fois bourrée. Alors comment être sûre que ce ne sont pas des balivernes pour dévots et touristes ?

Avec ce papier rempli d'idéogrammes dans ma poche, je m'en vais prendre le Star Ferry au Pier. Est-ce le bateau dont parle l'oracle ? Sur le ferry à la coque arrondie, j'ai plutôt l'impression d'être dans le décor d'un de ces films que j'ai vus avec ma mère. À l'étage, une enfilade de hublots et de bouées de sauvetage lui donne l'allure d'un jouet flottant d'un autre temps. En dessous, les bancs en bois verni se remplissent vite à l'heure de pointe et la rambarde en métal écaillé est chaude du soleil de l'après-midi. Je parle souvent des films de ma mère, c'est fou comme ces petites choses de l'enfance que je croyais dépassées me reviennent en pleine face. Ça doit être le mélange de gasoil et d'iode croupi dans l'air qui me donne le tournis, ou alors c'est le mouvement du ferry, qui sillonne la baie de Hong Kong des dizaines de fois par jour, acheminant les travailleurs pressés et un petit morceau d'âme de la ville.

Ma mère avait un faible pour les histoires d'amour qui se passent dans des contrées peuplées de palmiers souples, aux feuilles d'un vert lisse imbibé de typhons. Dans le scénario, à un moment ou un autre, on trouve forcément un bateau. C'est obligé. La thématique aquatique est omniprésente quand on traite de l'Asie, sous la forme d'un fleuve, de la mousson, des vagues, d'un barrage. En vrai, c'est un cours complet de physique-chimie sur les états de l'eau. Ça devait rappeler à ma mère ses jeux de gamine au bord du lac Tonlé Sap. Mais, moi qui ne sortais pas de mon quartier de bitume, je ne percevais que la touche tropicale, cet air de vacances lointaines à l'odeur de crème solaire. C'était ce qui me rapprochait le plus du passé de ma mère.

Tu m'aurais vue, j'ai les yeux brillants sur le ferry qui traverse le delta de la Rivière des Perles. Je sens un souffle tiède me caresser le visage. Si j'avais pu me frayer un chemin jusqu'à la proue, j'aurais déployé les bras comme Rose dans *Titanic*. Face à la *skyline*, je me fais la promesse de voler de mes propres ailes. Vais-je enfin devenir l'héroïne de mon propre film ?

C'est marrant parce que « Rivière des Perles » était un wok à volonté sur la rue Civiale, dans le 10e arrondissement de Paris. Un buffet géant pour affamés, ceux qui sautent trois repas pour se goinfrer de fritures et de fruits de mer. Tu vois le tableau ? C'est tout de suite moins séduisant.

À ce même endroit, il y a un siècle et des poussières, le port de Hong Kong était rempli de jonques et de navires militaires. À la place du ferry, un bac faisait l'aller-retour entre les rives. La Perle de l'Orient débordait de trois-mâts aux voiles gaufrées, de pêcheurs sur des sampans et de marins en permission. Mais, sur cette embarcation qui patine entre Tsim Sha Tsui et Wan Chai, je l'ignore encore. Tout ce que je sais, c'est que 香港 Hong Kong, en chinois, veut dire le Port aux Parfums. C'est un nom poétique, comme le Pays du Matin calme, le Royaume au Million d'Éléphants ou l'Empire du milieu, une utopie de sérénité malgré le chaos des moteurs à propulsion et du déchargement des cargos.

Imagine-moi accoudée au bastingage, face à l'eau. Je porte une robe légère à fines bretelles. C'est une robe de soirée un peu brillante qui virevolte au moindre mouvement. Sur le ferry, elle fait un bruit blanc de drapeau dans le vent. Rien de spécial, je l'ai achetée dans une friperie de la place de Clichy, mais elle fait son petit effet, je le sais. Je n'aurais jamais osé la porter à Paris sous les yeux de mon père. Il ne me l'a pas formellement interdit, mais je connais son opinion arrêtée sur les tenues correctes exigées. Je sais que, pour lui, cette robe ne peut aller qu'aux filles qui attendent le client sur le boulevard de Belleville. Mon père les appelle 雞 *gai*, des poules, car en cantonais les poules sont les plus sottes.

Sauf qu'avec la distance les choses sont différentes. Je nourris des projets inédits pour cette robe cachée trop longtemps au fond d'un carton. Ici, elle pourra respirer en plein jour et m'accompagner dans les night-clubs où je compte boire, fumer, mettre du rouge à lèvres rouge et prendre des poses qui font transpirer les hommes en bras de chemise. Une nouvelle saison s'ouvre à moi, avec une collection taillée sur mesure pour mes ambitions.

Justement, il y a un homme sur le ferry, aux manches retroussées avec négligence. Il porte des chaussures fermées, posées sur le siège en face de lui. Il allume une clope avec un briquet Seven Eleven malgré la pancarte « *Smoking prohibited – HK$ 5,000 fine* ». Un vieillard assis non loin l'observe, en tenant un sachet de graines de courge séchées. En une seconde, je le vois placer une graine entre ses dents, l'ouvrir d'un coup sec, mâcher la graine et recracher l'enveloppe.

L'homme me fait penser à un Alain Delon jeune, avec la mèche rebelle et le regard ténébreux. Ma mère adorait Alain Delon. Elle m'expliquait qu'il était très populaire en Asie, plus populaire encore qu'en France. Je ne comprenais pas comment ce monstre sacré du cinéma était devenu un dieu vivant hors des frontières à une époque où le contenu viral n'existait pas. « C'était vraiment quelqu'un », me répétait ma mère.

Je sais que l'homme est aussi un expatrié. Il n'y a qu'eux pour mettre leurs pieds sur les sièges des transports en commun et cloper là où ce n'est pas permis. Il fume des Salem, une marque de cigarettes que je n'ai jamais vue. C'est à Hong Kong que je découvrirai le menthol dans la clope, qui agit comme le jus d'orange dans le champagne : ça passe mieux sans trop se voir.

Je trouve le goût des cigarettes plus rêche de ce côté du globe. Dit comme ça, c'est peu de chose, mais cette addition de petits riens me pèsera vite, comme l'eau du robinet plus calcaire et les mouchoirs qui irritent les ailes du nez. Ce n'était indiqué nulle part dans mon contrat d'expatriation, même pas en bas de page : « En cas de cafard, vous pourrez le noyer dans de l'alcool sucré, de la nicotine rafraîchissante et/ou pleurer dans des Kleenex à un seul pli. »

Au loin, la façade d'un building en rénovation s'éclaire, illuminant une bâche publicitaire qui vante les mérites d'une montre de luxe. Les Hongkongais sont obsédés par les montres, au point d'en placarder les rues, les métros, les journaux. Est-ce une affection particulière pour la précision chronométrique ? Tu me trouves naïve, peut-être. Dans l'après-guerre, Hong Kong a construit sa prospérité sur les produits manufacturés. Limité en ressources naturelles, le territoire s'est appuyé sur l'ingéniosité et le labeur de sa population grandissante jusqu'à devenir un centre économique majeur de la région pour grossistes de prêt-à-porter, fabricants de jouets, de composants électroniques et d'horlogerie. Comme tu peux le constater, je ne suis pas tout à fait innocente. J'ai remarqué la même montre, ou presque, au poignet de l'expatrié.

Le ferry tangue à l'approche d'un porte-conteneurs haut comme une chaîne de montagnes. Près du Pier, un hélicoptère se pose sur le palais des congrès. Ma robe est en train de danser le flamenco. Plus que quelques mètres avant d'accoster à Wan Chai. Jadis, c'était le quartier *chaud* de l'île. Ses rues étaient renommées pour les activités illégales du Red Light District. Depuis, l'eau a coulé dans les bassins du port et Wan Chai est sur la liste des lieux respectables à visiter dans les guides touristiques et les blogs *lifestyle*.

Le bateau s'immobilise le long de la jetée aux piliers incrustés de coquillages. La passerelle s'abaisse pour la descente. La nuit est tombée sans que je m'en aperçoive.

Là où nous débarquons, il y avait autrefois la mer, remblayée par des blocs de pierre pour que la terre gagne en mètres carrés. Hong Kong a entrepris des travaux extravagants contre le manque de place, sortant du chapeau des surfaces poldérisées pour rogner l'eau salée et déplacer le littoral goutte à goutte.

— *Are you Chinese ?* me demande l'expatrié avec cet accent qui se moque des *r* et de la honte d'avoir un accent.

Dès qu'il ouvre la bouche, je sais qu'il est français. Je réponds oui du menton. Mes parents ont du sang chinois, alors ce n'est pas vraiment un mensonge. Ils m'ont élevée à la dure pour être polie, dire la vérité en toutes circonstances et dérouler mon arbre généalogique sur demande. Mon père est chinois du Vietnam, ma mère est chinoise du Cambodge. Leur union donnerait mal au crâne à un cartographe de l'Indochine française. Tu comprends pourquoi j'ai la flemme de briefer l'expatrié d'ici au panneau de sortie ? Alors je m'avance sous le signe « *Exit* », évacuant les pesanteurs de la colonisation et les méandres de l'exil.

— *What is your name ?*

— 心樂 *Sam-Yut.*

— *What does it mean ?*

— *Happy Heart.*

Je lui fais un signe d'adieu. Sous le plancher, le moteur s'inverse en vue du trajet retour. Les prochains passagers attendent derrière un panneau grillagé. Le vieillard a fini ses graines de courge et disparaît vers Victoria Harbour. Je lui emboîte le pas.

L'eau, d'un vert bleuté au départ, est devenue pourpre puis a viré au violet profond d'un tissu rebroussé. Les bouteilles et les emballages qui flottent à la surface se disperseront bientôt dans les courants. Je pourrais aussi y verser mes premières déconvenues, les regrets de mes parents et les atermoiements de l'histoire. Je les enfoncerais bien profond de mes mains jusqu'aux sédiments de microplastiques. Pour conjurer le sort, je suis prête à brûler des faux billets à Wong Tai Sin et me ruiner en offrandes de fruits dans tous les temples de l'île.

SEVEN ELEVEN

Hong Kong devait être le théâtre de ma renaissance, si tant est qu'on puisse *refaire sa vie* à l'âge de vingt-six ans. Le lieu me paraissait idéal, un pont entre deux mondes qui m'appartiennent et coexistent en moi depuis aussi longtemps que je me souvienne. Quand j'ai annoncé à mon père ma décision de partir, j'appréhendais sa réaction. Serait-il inquiet, triste ou m'en voudrait-il d'avoir choisi l'endroit où il avait rencontré ma mère ? Sans Hong Kong, je ne serais pas née, mais jamais mes parents n'en parlaient, ou de façon laconique. Après la mort de ma mère, mon père ne voulait plus du tout aborder le sujet : « C'était dur, à l'époque. On a eu beaucoup de chance. C'est fini tout ça. »

Mais, contre toute attente, il n'a pas vraiment réagi.

— Tu pars quand ?

Si ma mère était encore là, elle m'aurait probablement aidée à emménager, comme ces gens qui conduisent leur enfant chez Ikea pour meubler son premier appartement. Elle serait montée dans l'avion avec moi et restée le temps que je prenne mes marques, s'assurant que je n'oublie pas de manger le soir, seule dans mon mouchoir de poche. Elle aurait peut-être mieux compris l'appel des origines, car elle se remémorait sans cesse son passé comme un paradis perdu. Et elle m'aurait très certainement prévenue que malgré la distance, quel que soit le nombre de kilomètres, on ne coupe pas le cordon avec ses fantômes.

Ma mère avait une peur bleue des revenants. Elle répétait à qui voulait l'entendre qu'elle attirait les mauvais esprits. Elle ne restait jamais seule dans notre appartement au-dessus du pressing. Une fois, alors que je rentrais de l'école, je l'ai trouvée blême, recroquevillée dans le couloir. Elle refusait de me parler, ce qui était inhabituel. Elle ne voulait même pas me regarder, son visage était enfoui entre ses genoux et ses mains protégeaient son crâne comme si elle craignait pour son intégrité. Elle tremblait de tout son être et geignait à voix basse. Mon père, qui avait bu, a pris un malin plaisir à me raconter en détail le pourquoi du comment. Je n'étais pourtant pas bien haute, pas à même de comprendre ce qui se passait dans la tête des adultes, et clairement pas ces histoires de fantômes.

Il m'explique donc que ma mère voit des gens morts assis sur son lit. Ce sont les spectres de ses quatre frères et sœurs, ses parents, des voisins de Siem Reap, tous disparus sous les Khmers rouges. Elle dit qu'elle les voit au bord de son matelas, détrempés d'eau de mer, de boue et de sang. Je me souviens avoir touché les draps pour vérifier s'ils étaient mouillés. Elle est persuadée qu'ils sont venus la chercher. Elle pense que les défunts lui en veulent. Elle dit qu'ils sont silencieux mais l'accusent de tous les maux. Elle se sent coupable de les avoir abandonnés, car ils lui reprochent de vivre tandis que leur destin a été funeste. Après ça, ma mère n'a plus dormi ni dans la chambre ni avec mon père, mais avec moi dans le salon.

J'ai grandi dans le quartier parisien de Belleville, dans un périmètre limité par la rue de la Présentation d'un côté et la rue Louis-Bonnet de l'autre. Un passage piéton me séparait de l'école primaire. De la fenêtre de la salle de classe, j'apercevais la devanture du Modern' Pressing, écrit en lettres capitales, et qui n'a de moderne que le nom. Dès que la cloche retentissait, je rentrais en courant à la boutique, où j'étais absorbée tout entière dans le chahut de ma mère.

C'était plus fort qu'elle, ma mère se sentait obligée de combler tous les silences. Elle parlait sans interruption, commérages, exagérations, catastrophes réelles ou inventées. Elle s'affolait pour rien, se vexait vite et s'esclaffait bruyamment. Son rire emplissait l'espace, m'accaparait, et moi je buvais ses paroles. Elle ne parlait que des autres, car elle ne pouvait pas parler d'elle-même.

Mon père disait que je devais me concentrer sur mes études si je ne voulais pas finir comme ma mère. Il fallait que je travaille bien à l'école sans quoi j'aurais le même petit cerveau effrayé. Quant à ma mère, elle me conseillait seulement de trouver un bon mari.

— Pas comme ton père, il n'a pas tenu une seule de ses promesses. Regarde comme il me fait travailler. Regarde mes mains abîmées par la lessive et le détachant du pressing.

Quand ma mère s'est éteinte, j'étais encore une enfant. Le vide s'est alors emparé de moi. J'ai été engloutie par un silence sombre, vivant dans la crainte permanente qu'une autre tragédie m'emporte à jamais. Même avec des bons bulletins, même avec les félicitations du jury, je suis devenue exactement comme ma mère. C'est ça, la contradiction de l'âge adulte : je peux être traumatisée par ses obsessions et, malgré tout, la regretter infiniment.

Jusqu'au lycée, j'étais une élève sérieuse et timorée. Après le bac, j'ai décroché une bourse pour continuer mes études, baignant dans l'illusion que le mérite suffirait à hisser les enfants *issus de l'immigration* au-delà des préjugés. J'ai choisi une prépa de commerce, pensant partir avec un bon bagage puisque mon père était commerçant. Grossière erreur. Une fois admise à la Grande École, j'ai constaté que mes pairs disposaient d'un tout autre héritage. Par exemple, dans ma promotion, qui portait le nom d'un entrepreneur millionnaire, il y avait le fils d'une grande famille de la distribution et une fille dont le hobby consistait à importer du matcha japonais en quantité industrielle. À ce niveau, ni les Grands Immortels de Wong Tai Sin ni le pactole de l'EuroMillions n'auraient pu réduire le fossé entre eux et moi.

Dès la première année, j'ai eu le sentiment d'avoir mis la barre trop haut. M'étais-je surestimée ? Il y avait des élèves aisés, le genre à organiser un groupe de travail dans leur riad à Marrakech ou des révisions à Gstaad entre deux descentes de piste. Ces enfants n'ont jamais fait de lessive ni touché le programme d'une machine à laver, tandis qu'on vivait du linge sale des autres. Moi qui croyais qu'on sortait du lot avec notre petite affaire dans laquelle mon père est son propre patron. Je me suis vite rendu compte qu'il galérait à échéancer l'Urssaf de son salaire minimum alors que d'autres sont champions en défiscalisation.

Pendant mes études, je ne me suis pas fait d'amis véritables. Aucun de mes semblables ne s'intéressait réellement à moi, personne ne m'a demandé de quel quartier je venais le matin, après moult changements de métro puis le RER à perte de champs. Je partais avant l'aube pour rejoindre le campus. Le soir et le week-end, je secondais mon père à la boutique. Une fois, une cliente du pressing m'a félicitée. « Profite bien ! Les années étudiantes, c'est la belle vie ! » Nous n'avions clairement pas le même emploi du temps.

J'avais cette hantise que mes camarades de promo débarquent au Modern' Pressing et me trouvent derrière le comptoir, cheveux luisants relevés en chignon informe, doigts cramoisis de produit ultra-décapant, en train de gratter les taches de sauce beurre noisette ou de vin millésimé sur leurs blouses de couturier. Bien sûr, ils ne venaient pas à Belleville, alors j'étais tranquille de ce côté. N'empêche que je me sentais la pauvre des riches et la riche des pauvres, m'éreintant à faire le grand écart entre deux lignes qui ne se croisent pas. Ce que je retiens, c'est que la classe moyenne est une illusion. Dans l'esprit de ces gens, il n'y a que des possédants et des possédés.

OK d'accord, ce n'était sûrement pas tout noir ou tout blanc. Des gens sympas m'ont invitée dans leurs soirées *rooftop* avec vue sur la tour Eiffel. Beaucoup m'aimaient bien, je crois. J'étais bonne pâte, et surtout j'étais bonne poire. Je me portais volontaire pour les besognes ingrates que personne ne se coltinait, comme rédiger le compte rendu d'un brainstorming chaotique, structurer un PowerPoint en pleine nuit, ajuster la mise en pages d'une présentation à la dernière minute. « Tu es sûre que ça ne te dérange pas ? C'est juste que tu fais ça beaucoup mieux que moi. »

Je ne m'offusquais pas. Après tout, en école de commerce, on nous apprend que l'important c'est le travail d'équipe. Au fil du temps, ma carapace s'est épaissie. Je repère du premier coup ce ton détaché de ceux qui se pensent au-dessus des règles. On leur martèle qu'ils sont l'élite de la nation et à la fin ils auront forcément ce qu'ils veulent, alors ils se fichent du reste.

Je me rappelle cet élève plus âgé dont les parents étaient de généreux donateurs. Son patronyme figurait sur le mur des bienfaiteurs à l'entrée du bâtiment administratif, ces fameux experts des réductions d'impôts. Un soir, lors d'un gala, je lui ai servi une vodka Red Bull un peu dosée. Je ne sais plus si c'était un thème *Mille et Une Nuits* ou *Jungle Fever*, mais le Bureau des élèves adorait les déguisements et les dérapages. Le gars m'a embrassée dans les toilettes en me susurrant qu'il avait toujours voulu coucher avec une Asiatique. Le lendemain, on ne s'est plus donné de nouvelles.

Parfois, je me demande comment je serais aujourd'hui si je n'avais pas connu les coulisses de cet univers loin du fer à vapeur et de l'amidon liquide du Modern' Pressing. Si, au lieu d'apprendre les codes des nantis, j'avais repris les rênes de la boutique. En ce moment même, j'accueillerais les clients avec des marmots collés à mes basques pendant que mon père aux cheveux blancs, assis sur un tabouret, surveillerait l'état des cols de chemise et le pliage des housses de couette. Ce n'est pas la voie que j'ai choisie, et pourtant certains jours je me demande si on ne serait pas tous plus heureux.

Je repense au dimanche, seul jour de congé du pressing, quand ma mère sortait sa machine à jus. Elle découpait une belle botte de carottes aux fanes fraîches, provenant du supermarché chinois sous le restaurant des mariages, qu'elle pressait dans le goulot de la machine. Elle ne me disait jamais « Je t'aime », mais son amour s'exprimait par ce jus doré qui coulait de l'embout dans un verre avant de glisser dans nos gorges comme du miel. On enroulait ensuite nos cheveux dans une serviette-éponge et elle récupérait la pulpe du filtre avec une cuillère pour l'appliquer en masque compact sur nos visages. On s'allongeait côte à côte sur le canapé, bien droites, pour éviter que les grumeaux ne tombent, et on riait dès qu'un morceau de cette banquise rousse glissait de nos joues. Je me souviens avoir pensé que ma mère était magnifique avec sa peau orangée. « Regarde comme ça rend la peau belle, disait-elle en souriant. Et en plus, c'est gratuit ! » À cet instant, j'aurais tout donné pour devenir comme ma mère.

Pourquoi tout ça a foutu le camp ? Un jour, la petite fille gaie et pleine d'espoir que j'étais a deviné qu'elle pleurait après m'avoir couchée, que mon père rentrait tard et ivre du troquet, que malgré tous les masques à la carotte du monde ma mère flétrissait prématurément. Elle ne désirait qu'une chose, que je ne marche pas dans ses pas. Quand elle est partie, j'ai compris qu'on n'avait rien à voir avec la famille parfaite des livres cartonnés de la bibliothèque. Jamais on n'a été comme ces gens. Même pas en rêve. Mais, quoi qu'il en soit, j'ai été une enfant aimée, ça, j'en suis sûre. J'ai bu les meilleurs jus de carotte sans gaspillage et j'ai adoré regarder ma mère se rincer au lavabo avant de se sécher devant le miroir. Je ne me rappelle juste pas quand elle a cessé de sourire, ni quand j'ai commencé à vouloir être quelqu'un d'autre. Pourquoi tout est devenu si compliqué ?

À la sortie de l'école, j'ai collectionné les stages et les contrats courts. Je vivais avec mon père sans perspective d'évolution. Au bout de trois ans, j'ai voulu prendre le large. Beaucoup de mes camarades de promo avaient déjà quitté la France. Je n'ai pas eu les mêmes facilités, pour eux, l'envoi d'une candidature n'était qu'une formalité pour décrocher cette place en banque à New York ou en cabinet d'audit à Tokyo.

OK, je ne vais pas me plaindre. Mon CV est doté de la ligne école de commerce et, chose inattendue, de la rubrique langue rare. Pourtant, quand j'étais plus jeune, la langue de mes parents faisait l'objet de blagounettes ou de ricanements, ces sempiternels « Arrête de parler chinois », « tching tchong » et « chinoiseries » que connaissent les enfants des diasporas. Mais à mesure que j'ai grimpé l'échelle des diplômes je rencontrais de plus en plus de personnes motivées pour apprendre les rudiments du mandarin plutôt que pour fustiger l'accent *asiatique* qui n'existe pas.

C'est comme ça que je me suis retrouvée à Hong Kong, sans avoir l'âme d'une baroudeuse. La plupart des gens veulent repousser leurs limites et à tout prix *sortir* de leur zone de confort. Moi, c'est le contraire. J'ai toujours voulu *entrer* quelque part où je pourrais enfin me sentir chez moi. Hong Kong m'a choisie quand j'ai répondu à une annonce pour la succursale d'une entreprise française de cosmétiques. Un poste dans le département du *skincare* et des produits blanchissants, une tendance en pleine expansion sur un marché qui se chiffre en milliards de dollars. Tu peux les appeler comme tu veux – dépigmentants, antitaches, anti-vieillissement cutané –, c'est du pareil au même : en langage comptable, c'est une vache à lait. L'objectif est de renforcer la croyance que la peau claire est la seule qui vaille et, pour cela, tous les moyens sont bons : stratégies, *moodboards,* fichiers de données, campagnes de communication en veux-tu, en voilà.

Perso, je n'ai jamais vraiment compris cette tendance. Dès qu'un rayon de soleil pointe, je me précipite pour le choper. Je me trouve plus belle bronzée, ça m'irait bien d'avoir la marque du ski en hiver et du maillot en été. Mais la préférence pour une peau claire sur le marché mondial est enracinée dans les canons de beauté ancestraux. Quand j'étais petite, ma mère complimentait ma peau pâle. Elle disait que ma carnation est proche de la 雪梨 « poire de neige », un fruit qui coûte très cher au supermarché. La peau délicate d'une femme atteste qu'elle ne travaille pas dans les champs, exposée aux rayons du soleil et au regard des hommes. Sur cette base, les conquêtes européennes et les guerres états-uniennes en Asie ont assimilé les Blancs au pouvoir et à la fortune. Que je le veuille ou non, cette perception perdure, car la peau blanche demeure un idéal esthétique et de réussite. L'influence des pays occidentaux a intensifié la pression de ces normes, implantant la mode de luxe, des magazines féminins comme *Vogue*, *Elle*, *Harper's Bazaar* et des campagnes de pub que je vois partout sur l'île.

Je n'avais pas l'embarras du choix, alors j'espérais de tout cœur décrocher ce boulot pour vendre du rêve. Mon père disait toujours qu'avoir des grands principes ne sert à rien si tu as faim. Quand je me suis présentée à l'entretien, c'était dans un bureau près de la Samaritaine. La recruteuse m'a posé des questions sur la dernière ligne de mon CV, celle que tu soignes le moins en général. Comme la case « Divers : sport, cinéma et voyages », qui veut dire « Sinon, en dehors du boulot, j'ai une vie ». Ce n'était pas mon cas. À la place, j'avais mis « Langue maternelle : cantonais ». Grand bien me fasse, car c'est véridique. Le cantonais est bien la langue de ma mère. Sur ce point, je n'ai pas menti. Je ne suis pas passible de poursuites pour déclaration frauduleuse.

Ça a retenu l'attention de ma recruteuse, qui s'est sans doute dit : « Bingo, c'est elle qu'il nous faut pour le bureau à Hong Kong. » Sauf que moi, c'était du remplissage. J'ai omis de préciser que je suis incapable de tenir une conversation en cantonais en dehors des triades, des tripots et des vengeances pour crimes d'honneur. Là-dessus, la recruteuse n'était pas en mesure de vérifier l'étendue de mon vocabulaire. À mon avis, elle aurait dû. Et je me demande bien ce que j'aurais répondu.

— Selon vous, qu'est-ce qui rend nos produits incontournables pour les clients du marché asiatique ?

— Range ton sabre, frère de sang. Ou je fais le serment que jamais, au grand jamais, tu ne parcourras cette Terre sous ce Ciel sans craindre pour ta vie.

— Pourquoi souhaitez-vous intégrer notre bureau hongkongais ?

— Hong Kong est le carrefour où l'Est rencontre l'Ouest et où la loi croise le chaos. Notre mission est de maintenir l'ordre malgré la corruption rampante qui gangrène nos rangs.

— Quelles sont vos préconisations pour consolider notre positionnement auprès de nos clientes ?

— Faites vos jeux, rien ne va plus ! C'est mon jour de chance, je le sens. Croupier, lance les dés !

LADIES' STREET

Comme tous les matins depuis trois mois, je me joins aux rivières d'employés qui se déversent dans les artères de la ville, avalées par les bouches souterraines, les escaliers mécaniques et les wagons sans conducteur. Il y a quelque chose de rassurant à me glisser parmi les anonymes bien peignés marchant au rythme de la pointeuse. À Hong Kong comme à Paris, tout arrêt sur l'escalator doit se faire du bon côté. Gare à toi si tu leur fais perdre une seule seconde, c'est tolérance zéro. Là-dessus, je ne suis pas dépaysée : on a les mêmes à la maison.

Le bureau se trouve à Central, dans une tour de trente-huit étages, sur 德輔道 Des Voeux Road. Plus tard, j'ai su que « Des Voeux Road » ne se prononce pas comme « meilleurs vœux ». C'est un chauffeur de taxi cinglant qui m'a appris que « Des Voeux » se dit « *day-voo-ess* ». À mon sens, les mots qui ne se prononcent pas comme ils s'écrivent devraient par principe être interdits.

Le boulevard rend hommage à Sir George William Des Voeux (1834-1909), administrateur colonial connu « pour son sens du devoir et son humanité dans la gestion des colonies ». J'ai trouvé ça sur Internet, mais la source n'est pas citée. Sais-tu à quoi correspond l'*humanité* dans la gestion des colonies ? Ça doit être un sacré programme, car Sir George William Des Voeux a son nom plaqué sur deux kilomètres entre Central et les Mid-Levels.

Devant les numéros 39-41, je franchis les portes automatiques et traverse le hall avant de tirer sur le ruban de mon badge d'entreprise pour débloquer le tourniquet.

Le jour de mon embauche, j'attends à l'accueil qu'on vienne me chercher. Il y a des fauteuils de designer dans le hall et des plantes vertes qui prospèrent derrière la baie vitrée. Droite comme un piquet, je pose une fesse sur une méridienne en tissu épais qui ne s'effiloche pas. Tu sais maintenant que je m'y connais en chiffons et en bouloches. Pendant que je patiente, je me dis que c'est trop dommage de gâcher le potentiel d'un tel canapé. Mis à part les gens qui vont dans les centres commerciaux, le quartier n'est arpenté que par des costumes trois pièces et des tailleurs-pantalons. Personne ne prendra jamais de pose lascive dans la vitrine d'un immeuble de bureaux.

C'est Gigi qui descend me donner mon badge. Ma première impression ? Je me dis qu'elle ne doit pas souvent rigoler. Tirée à quatre épingles, col de chemise rigide et immaculé, frange taillée au rayon laser qui tombe pile au-dessus de ses cils. Elle est cette *executive woman* qui claque ses talons à semelles rouges dans les tours des centres financiers.

— *Hallo, follow me please.*

Devant les ascenseurs, on se range derrière les derniers arrivés. En aucun cas tu ne peux gruger la queue ici. Les gens ont le nez dans leur smartphone, mais tout le monde sait qui était là d'abord. Ça aussi, c'est un soulagement pour moi. Quand le bus arrive à Belleville, c'est la pagaille. Les jeunes, les vieux, les poussettes, les caddies de courses s'agglomèrent dans un bordel imputable à *notre côté latin.* Qui ne sait pas se bagarrer ne monte pas dans le bus, fin de l'histoire.

Elle me fait faire le tour du propriétaire dans un mix de chinois et d'anglais typique de Hong Kong. Je dis oui du menton quand elle me montre mon coin de bureau dans l'open space, les salles de réunion, la compta, la hotline informatique, le local où on fait bouillir de l'eau pour le thé. J'ai presque tout compris, mais il y a tant d'informations à traiter que mon cerveau fume. Gigi marche vite et son carré ne bronche pas. Tout reste en place comme chez Edna Mode dans *Les Indestructibles.* Inévitablement arrive le moment où elle me pose une question en full cantonais, qui me fait bégayer. Mon imposture est stoppée net devant les toilettes de l'étage. Je ne sais pas si c'est le stress ou la fatigue, mais j'ai mélangé les neuf tons. En ouvrant la bouche, j'ai perdu le contrôle de ce qui en est sorti, confondant « ascenseur » avec « dynastie » et « papiers d'identité » avec « grains de poivre ».

— *But they said you speak Chinese ?*

— Euh... *a little.*

Si j'ai pu noyer le poisson de la recruteuse, je n'avais aucune chance face à une Hongkongaise, une vraie. Pas une Chinoise en carton comme moi. Qu'est-ce que je croyais ? Que personne n'allait me remarquer, que je passerais des journées pépère sur un PC ? Après ce prologue plus que mitigé, je suis terrorisée à l'idée d'être rapatriée par le premier charter, menottée à la sortie de secours à côté d'un mec à grandes jambes qui harcèle l'hôtesse de l'air.

Très vite, je comprends que Gigi est le bras droit de ma cheffe Aurélia, envoyée par le siège pour presser le citron de la filiale asiatique. Aurélia est blonde, belle et souriante. Le genre qui éclaire une pièce en y entrant. On dirait aujourd'hui qu'elle est *solaire,* mais je n'aime pas ce mot. On parle d'un être humain ou d'un panneau photovoltaïque ? Elle est l'archétype de la femme moderne qu'on voit dans les magazines, une mère de famille *épanouie* dans un travail *épanouissant.* Grande et élégante, elle a ce je-ne-sais-quoi qu'elle pourrait prodiguer sous forme de conseils de style dans les suppléments du dimanche. Quand elle s'adresse à son équipe, une autorité naturelle émane d'elle. On dirait Catherine Deneuve à la tête de sa plantation dans *Indochine.* Oui, je sais, encore un autre film de vieille qu'affectionnait ma mère.

— Bienvenue ! Ton prénom, c'est Sam-Yut, je prononce bien ? Ça te dérange si je t'appelle Sam ? C'est plus pratique. Sens-toi libre, ici, on est une grande famille. Et chez toi c'est deux ou quatre ?

Aurélia se penche pour me faire la bise. Je respire son eau de toilette, un mélange de fleurs et de félicité. Pour les expatriés, pas question d'abandonner cette spécialité française. Embrasser ses compatriotes en faisant le même bruit de bouche que pour amadouer un chat est plus coquet encore au milieu de la distance des Chinois, des *hugs* des Américains, de la réserve des Britanniques et des empoignades des Australiens.

— *You put her on the Snow White file ?* dit-elle à Gigi.

Puis elle se tourne vers moi :

— Tu verras, tu es entre de bonnes mains avec Gigi.

Je me sens soulagée : Aurélia ne compte pas me renvoyer tout de suite. Je peux faire mes preuves dans ce dossier au nom de code douteux. Suis-je vraiment dans les produits de beauté ou un épisode de *Cold Case : Affaires classées* ?

Gigi n'a pas bougé. Aucune émotion ne transparaît sur son visage. Depuis qu'Aurélia me parle, elle a répondu à trois mails sur sa tablette et deux appels dans l'oreillette. Elle sert aussi d'interprète et de fixeuse, elle facilite la pénétration de la région et la compréhension des populations. Je serai témoin des talents de Gigi pour satisfaire sa hiérarchie. Elle fait déplacer un acupuncteur pour dos bloqué un dimanche soir et réserve une table à Mott 32 bien que le restaurant affiche complet. Aurélia l'appelle sa *magicienne.*

— Comment se passe ton emménagement ? Si tu as besoin de quoi que ce soit, Gigi connaît la ville comme sa poche.

J'ai trouvé un logement sur 通菜街 Tung Choi Street, près de la station Prince Edward. Un minuscule deux-pièces au dix-neuvième étage d'un immeuble aux allures de boîte d'allumettes, où l'ascenseur fait des bruits bizarres comme s'il allait s'arrêter et faire une chute libre jusqu'au centre de la terre. Ma chambre est si exiguë que mon lit prend toute la place. Je dois me contorsionner pour ouvrir la fenêtre. De là, ma vue se résume aux caissons d'air conditionné empilés comme des blocs de Tetris et aux toits en tôle ondulée des exposants de Ladies' Market, en contrebas. Tous les jours, le marché regorge de touristes qui marchandent des sacs contrefaits, des T-shirts « I Love HK » et des gadgets en plastique dont ils se lasseront avant même d'ouvrir leurs bagages. C'est un fracas organisé jusque tard dans la nuit.

通菜 *tung choi* est le nom d'un légume, le liseron d'eau aux tiges creuses que ma mère préparait au wok, avec cette sauce épaisse au 腐乳 tofu fermenté, dont l'odeur tenace envahissait l'appartement. « Ça poussait comme de la mauvaise herbe », me disait ma mère. J'aurais pu habiter ailleurs, dans un quartier plus lisse, une coloc avec d'autres expatriés, mais quelque chose dans ce dédale de ruelles où l'on vend de tout me plaît : claquettes, fruits frais, piles, clés de rechange, montres rafistolées, vélos d'occasion. Au pied de mon immeuble, un petit kiosque à snacks propose des brochettes de boulettes de poisson, des viandes séchées, des abats de porc, du pudding de haricots rouges, des croquants aux cacahuètes et les 龍鬚糖 barbes-de-dragon, des sucreries en fils de riz qu'on croirait sorties d'un film de Harry Potter. Un vacarme constant de klaxons, de livraisons et d'injures. Kowloon ne dort jamais, et moi non plus.

— Il faudra qu'on déj ensemble un de ces quatre. Pour ce midi, tu as ce qu'il faut ? Y a que des bonnes adresses autour de nous.

Le midi, les collègues apportent leur gamelle et grignotent par-dessus leur clavier. Sauf Gigi, que je n'ai jamais vue manger. Quand elle n'est pas dans l'ombre d'Aurélia, elle passe en coup de vent là où on l'attend le moins. Moi, je préfère aller prendre l'air, faire une pause dans les ruelles en pente près de Graham Street. Je prendrai mes habitudes dans un merveilleux stand de soupe 雲吞 *wonton* – ça veut dire « avaler des nuages ». La recette ne peut être plus authentique : 碱水面 nouilles jaunes et élastiques, davantage de crevettes que de viande dans les *wrappers*, baignant dans un bouillon terre et mer au goût riche qui s'accroche au palais. Aux murs, des coupures de presse plastifiées et des stickers de « Favourite Food Awards » accumulés au fil des ans.

Quand je croque dans un 雲吞 *wonton*, Paris me manque un peu moins. Je me sens à ma place dans ce boui-boui qui me rappelle Belleville. Sur la carte, je montre du doigt la même soupe et je m'assois à côté de la cuisine. Si je ferme les yeux, les voix des tatas et tontons qui tiennent l'échoppe me ramènent à la boutique de *banh mi* de la rue Louis-Bonnet. Ils discutent beaucoup d'argent : qui a laissé un bon pourboire, quel patron paye le mieux, qui loge, nourrit et blanchit ses employés. Récemment, un collègue a été débauché par une franchise à Dongguan, c'est le grand appel de la Chine. Qui sera le prochain à passer la frontière ?

— Bien sûr, on ira prendre un verre avec les collègues. Tu bois de la bière artisanale ? On était hier à Kennedy Town, c'est fou le nombre de ces microbrasseries. Et surtout n'hésite pas si tu as une question. Bon, mesdames, je vous laisse, j'ai une réunion.

Je me demande si Gigi a une solution miracle contre le blues de l'expat. Mais je n'ose plus ouvrir la bouche.

Un soir, la première fois que j'ai sorti mon linge pour le faire sécher à la fenêtre, j'ai fait un faux mouvement. L'étendoir suspendu au cadre s'est décroché et j'ai manqué de tomber dans le vide, avec culottes et chaussettes, sur la tête des clients du marché. Ma petite existence a défilé, j'ai pensé à mon père, aux cendres de ma mère, j'ai entendu ses fantômes m'appeler depuis leur fournaise. J'ai senti le froid du bitume dix-neuf étages plus bas et entrevu l'image de mon corps brisé et méconnaissable, les membres en équerre comme un bonhomme de Keith Haring. Je n'aurais même pas eu droit à une nécrologie dans un journal local. Qui serait venu me reconnaître à la morgue ? Qui m'aurait réclamée ? Les voisins de palier auraient dit à la police qu'ils ne m'avaient jamais adressé la parole, que j'avais l'air peu recommandable dans ma robe affriolante, probablement une *escort* qui se croyait dans un hôtel de passe de Portland Street.

Devant ma résidence, j'ai remarqué un Seven Eleven ouvert la nuit, qui éclaire un énorme 榕樹 figuier. De longues lianes aériennes tombent des branches et ont fini par épaissir le tronc avec le temps. J'ai pensé qu'il fallait que je trouve moi aussi une façon ou une autre de prendre racine pour ne pas basculer dans le néant.

HOT ASIAN GIRL

Aurélia a tenu parole et m'a invitée à des soirées, plein de soirées dignes d'une grande famille. Aux côtés des collègues, j'ai fait la fête dans des endroits sublimes, des suites présidentielles et des plages privatisées. Tu savais qu'on peut *louer* une plage comme une salle polyvalente ? Tout me paraît possible, maintenant, ce n'est qu'une question d'argent. Ça m'a tourné la tête, je ne vais pas te dire le contraire. J'ai usé ma robe brillante sur les dance floors et dans les fontaines à bulles. T'aurais fait quoi, à ma place ? Ceux qui prétendent que l'argent ne fait pas le bonheur n'ont jamais été pauvres.

J'ai acheté d'autres robes dans les *malls*, de Pacific Place à Sogo. Parfois, quand je m'ennuie, je vais flâner dans ces complexes ultramodernes où je jette mon dévolu sur des modèles compliqués aux matières composites que ma mère aurait détesté repasser. Je me sens moins seule quand je tâte les faux plis, doublures, volants et broderies, je pense à elle et aux grosses gouttes qui auraient perlé sur son front derrière son fer industriel. En fin de compte, je garde une tendresse particulière pour ma robe brillante. Il me suffit de la laver à l'eau savonneuse dans le lavabo et elle sèche en un rien de temps sans même que je me penche sur l'étendoir.

Hélas, les paillettes n'éblouissent qu'en surface, et mon envie de briller en société aimerait se manifester autrement qu'en dansant sur le comptoir d'un bar. Parfois, je sens ma bouche s'entrouvrir, sur le point d'accoucher d'un truc drôle et intelligent, j'attends le bon moment, mais au final rien ne sort à part de l'air. L'instant s'envole, le sujet change, je ravale mes mots tranchants qui viennent épaissir mon monde intérieur. Cette personne affûtée que je pourrais être en public se dégonfle et perd de sa substance, écrasée par une opportunité manquée, cernée par les rires et les verres qui tintent. Je plane comme un ballon à la dérive qu'un enfant a lâché sans le faire exprès. C'est bizarre de se sentir isolée dans une foule. Sont-ils aussi dépareillés que moi ? Est-ce qu'on fait tous semblant d'avoir trouvé notre place ?

Alors je cumule les *dates,* que je raconte le lundi matin aux collègues. C'est notre moment croustillant de l'open space. Un *date* n'a pas de traduction en français. C'est un rendez-vous *galant,* sans la galanterie. Au resto, on parle chacun son tour, commande chacun son plat et paye chacun sa part. Sur le papier, un *date* n'engage à rien : on essaye pour voir, et si ça ne marche pas c'est la faute à personne. *Win-win,* comme disent les Américains.

Dans le feu de l'action, un *date* se transforme couramment en nuit sans lendemain. Mes *dates* me complimentent pour mes yeux étirés, mes cheveux lisses et mes mensurations plates. Plus de moqueries, plus de honte. D'un coup de baguette magique, mes complexes sont devenus mes atouts charme. Sur les trottoirs de Belleville, j'avais l'impression d'être invisible, si bien que Hong Kong s'est transformé en carrosse pour que je rattrape le temps perdu.

Derrière un écran, le changement est encore plus radical. Sur les sites de rencontres, je force le trait. Bouche dessinée, paupières allongées à l'eye-liner et cheveux tombant sur mes épaules dénudées. Sous mon pseudo « Hot Asian Girl », je collectionne les *matchs.* Avec ma photo de profil, j'engrange les *likes.* Qui l'eût cru ? Depuis mon inscription, je *swipe* tous azimuts : des fêtards, un mari qui pimente son après-midi, un cadre qui n'est pas à la salle de sport comme l'indique son calendrier. Jamais je n'ai vécu une vie aussi *débridée,* pas comme mes yeux dont je n'ai jamais voulu. Je peux minauder, me déhancher quand je marche vers sa *master bedroom,* boire le champagne au goulot et promettre la brouette thaïlandaise. Dans la nuit et sur les applis, je suis un bonbon alléchant dans la vitrine d'une boulangerie.

Tu me regardes comme ma mère, avec sa lèvre qui plisse vers le bas. Si elle était encore de ce monde, je ne manquerais pas de la décevoir. Tu penses que je me fais du tort. Tu supposes que je suis perdante au jeu de l'amour et du désir face à ces hommes qui, une fois qu'ils ont obtenu la seule chose qu'ils veulent de moi, ne me rappelleront pas.

Pour me comprendre, il faudrait que tu te glisses dans ma peau. As-tu déjà été la fille coincée que les garçons ne remarquent pas ? Quand il y avait la galette à la cantine, as-tu été choisie pour être la reine d'un roi ? Au cinéma, t'es-tu reconnue dans les personnages, avaient-elles la même couleur d'yeux, de cheveux, de peau que toi ?

Tu te demandes certainement si j'ai des soucis avec la figure du père. On dit ça des filles faciles : elles sont en quête d'attention, elles cherchent à remplir un vide. Bien sûr, que j'ai des problèmes avec mon père. Quelle question ! Qui dans ce monde grandit sereinement sous la coupe de rescapés qui ont tout perdu ?

Mon père vient d'une famille chinoise de Saigon, qui vivait du commerce du thé. Saigon était surnommée « la Perle de l'*Extrême*-Orient » par les Français. À croire que les colons, quel que soit le pavillon que batte leur navire, sont fascinés par l'enfilade de joyaux. Cela explique pourquoi il y a eu la guerre, trop de guerres au goût de mon père. Contre les Français, contre les Américains, entre les Vietnamiens, contre la Chine. Quand sa famille est chassée de sa maison de Cholon, le quartier chinois de la ville, ils fuient vers les hauts plateaux. Mais mon père perdra leur trace et tentera de fuir de son côté en montant sur un bateau. D'abord des dizaines de fois sans succès, échappant à la noyade, aux pirates, aux naufrages, aux camps de rééducation, au froid, aux fusillades, à la dysenterie. On dirait la pire saison de téléréalité dans la jungle sans aucune possibilité de rapatriement.

Un matin, son bateau atteint enfin une côte. Mon père est conduit dans un camp de réfugiés. Pendant de longs mois, il dort sous des toiles trouées et dans des abris de fortune. Dans la journée, les rayons du soleil dessèchent les corps épuisés, l'odeur persistante des latrines imprègne l'oxygène, les maigres rations, les pleurs des enfants, les regards hagards. La nuit, ils n'arrivent pas à dormir, envahis par la mémoire des revenants qui sifflent de campement en campement. Les gens survivent, et d'autres se trouvent. C'est le cas de mes parents. Grâce à l'aide humanitaire, ils montent un dossier, quittent le camp, atterrissent en France, demandent un logement, un emploi, l'asile. Ils sont apatrides. En remplissant sa demande de naturalisation, mon père supprime une lettre dans son nom vietnamien. De Vương, il est devenu Monsieur Vong.

— Bonjour, vous êtes le papa de Sam ? demande le maître de CM2.

C'est l'année de mes dix ans, à la réunion pour le voyage scolaire.

— Sam-Yut, corrige mon père avec une pointe d'agacement ; il n'aime pas qu'on écourte mon prénom.

— Vous êtes vietnamien, c'est bien ça ? Vous savez, j'ai toujours voulu visiter le Vietnam !

— Ah oui ?

— Mon grand-père a fait l'Indochine. Il me racontait plein d'histoires... Je crois que ça m'est resté, précise le maître, convaincu d'avoir mis mon père dans sa poche.

De retour à l'appartement, il ne signe pas les papiers de la classe de neige. Pendant que les copines font de la luge et des veillées, je reste au Modern' Pressing à plier des draps.

Mon père a été manutentionnaire, chauffeur-livreur, cuisinier avant de devenir laveur de vêtements tachés et de draps souillés. Il travaille dur, reste discret et préfère les espèces. Parfois, il met une pancarte « machine CB en panne », mais il n'y a jamais eu de terminal bancaire. Mon père aurait pu être Ming Li Foo, le blanchisseur dans la bande dessinée *Lucky Luke,* avec la petite natte, la peau jaune, la fourberie et toute la panoplie. « Bienvenue, honorable étranger. » Bien sûr, que j'ai des problèmes avec mon père.

Hier, je l'ai appelé au téléphone. Un coup de fil autour de midi, heure de Paris. Avec le décalage, c'est la fin de la journée à Hong Kong. Mon père déjeune et moi je dîne. Nos échanges téléphoniques sont remplis de gêne et de rien. Il ne me pose pas de questions. Il répond aux miennes par oui ou par non. Ça ne va pas bien loin. Mon père n'est pas doué pour le téléphone. À son âge, il est trop tard pour commencer à se parler.

Il aurait voulu un fils pour porter le nom qu'il avait sauvé de l'enfer, continuer sa lignée et le rendre fier. Quand je suis née, il ne m'a pas prise dans ses bras. Il a dit à ma mère que j'étais trop chétive. Il avait peur de me faire tomber. Il a passé plus de temps à fêter ma naissance à la bibine de la rue de Belleville qu'à la maternité. Ma mère et moi, on était les gonzesses de la maison. Il restait indifférent à nos futilités et son alcool de riz à cinquante degrés lui était plus cher. Je dormais avec elle sur le canapé et, si j'entendais la télé s'allumer au retour du troquet, je gardais les yeux fermés, car je savais que mon père sortait sa bouteille cachée dans un carton sous le poste. J'ai grandi avec l'amour et la violence dans la même pièce à vivre. Comment pourrais-je faire autrement que de mélanger les deux, à présent ?

Plus le temps passe et moins je l'appelle. Après une demi-année ici, son numéro n'est plus dans mes contacts favoris. Mais je ne suis pas complètement ingrate. Je lui envoie des colis avec des produits non périssables qui traversent sept fuseaux horaires et nous épargnent une conversation à hoquets. Une fois livré, mon père trouvera un bout de papier « Vous avez un colis » sous sa porte. Une note que la concierge de l'immeuble du 11-13 rue de la Présentation aura glissée pendant sa promenade matinale. Mon père sait que le colis vient de moi. Je suis la dernière personne sur terre à me souvenir de son existence.

Plus tard, il descend le récupérer chez la concierge. Par la fenêtre du salon, il entend l'employé du rez-de-chaussée racoler les passants. « Nouveau ! À tester absolument ! Produit artisanal fait avec amour ! » Aujourd'hui, l'employé distribue des tartines de confit d'oignons au piment d'Espelette. La semaine dernière, c'était du jus de mangoustan aux vertus anticancéreuses, et celle d'avant des baies de goji séchées au pouvoir antioxydant.

Pas question pour mon père de lui acheter quoi que ce soit. Il ne gaspille pas son argent dans des *nouveautés* qu'il a toujours connues. Des mangoustans, il en a mangé des caisses, cueillis à même les branches feuillues des arbres fruitiers de son jardin. Le jus sombre de l'écorce pourpre giclait sur ses doigts et ses chemisettes. Les taches ne partaient pas au lavage et la lavandière le réprimandait. Quant aux baies de goji, il les avalait dans les bouillons servis par la cuisinière. Alors non, il n'a pas besoin de *tester*. Il se méfie des magasins bio et leurs *nouveautés* autoproclamées. Tous les jours, il fait sa balade dans le quartier, achète son sandwich *banh mi* poulet-citronnelle dans la rue Louis-Bonnet. D'année en année, il reste fidèle à son menu et à son fournisseur.

Il s'appuie sur le dossier de la chaise pour se lever. Du sac de courses, il sort son sandwich frais du sachet en papier tacheté de gras. Le pain croustille au toucher, des miettes de croûte tombent au passage. Les bâtons de concombre sont juteux, la viande est encore chaude et la julienne de carottes déborde de vitalité. Il place le sandwich dans une assiette et la pose sur l'autel à côté de la photo de ma mère. Il murmure « Madame est servie » à voix basse même s'il est seul dans l'appartement. Puis il enclenche les bougies électriques de part et d'autre d'une figurine de Bouddha et fait rouler le briquet au-dessus d'un bâtonnet d'encens qu'il enfonce dans un pot rempli de grains de riz. Ses gestes sont lents et précis, rodés par l'automatisme de la répétition. À force, le coin du mur est cramoisi de fumée jusqu'au plafond, et la cendre d'encens s'est logée entre les lattes du plancher.

C'est au tour de mon père de se mettre à table. Il ouvre le frigo de la cuisine et sort le *banh mi* d'hier. La porte du frigo tape contre le mur et des cartes postales aimantées à la paroi tombent par terre. Une photo du port de Hong Kong, la poste centrale de Saigon, et bientôt Angkor vu du ciel. Il les ramasse une à une avant de les replacer sous leurs petits aimants. Il n'y prête plus attention. Chaque jour, il ouvre le réfrigérateur, claque la porte contre le mur, fait chuter les paysages idylliques et les ramasse. C'est sa petite musique à lui.

Il aurait dû s'en occuper il y a longtemps. Il aurait voulu déplacer le caisson du frigo ou changer la poignée pour éviter que le plastique n'effrite le plâtre du mur. Ça agaçait ma mère de se pencher pour balayer les poussières blanches au sol. Elle en avait mal au dos, sans compter la crainte que le propriétaire ne leur décompte les travaux de réparation. Mais ce n'était jamais le bon moment, alors mon père n'a touché à rien. Maintenant, il ne trouve plus la force de bouger le bloc de l'appareil électroménager. Avec le temps, l'accroc dans le mur est devenu un trou, le sol est poisseux en permanence et mon père s'est habitué à l'inachevé. Ma mère est morte et, avec le temps, il n'a plus vu d'intérêt à terminer quoi que ce soit.

Il mord dans son *banh mi* poulet-citronnelle froid. Le pain de la veille est mou, les concombres ont séché, les carottes râpées pendouillent, les bouts de poulet sont racornis. Il se punit avec son sandwich rassis et console ses bouchées penaudes en les relevant de piment. Un piment coupé en petits morceaux, un morceau par bouchée de repas triste. Dans le compartiment à glace, il a deux sacs de congélation contenant cette variété allongée de couleur rouge vif. Sous le zip, une écriture manuscrite précise : *piment thaï dragon*. C'est l'écriture de ma mère. *Thaï dragon*, c'est le nom de l'arbuste qu'elle a nourri pendant des années, qui donnait des fruits, tant de fruits qu'ils ne pouvaient tous les manger. Elle a écrit son nom vernaculaire, *thaï dragon*, par lequel il s'est adapté aux étals de Belleville, qui le distingue du piment d'Espelette, de la poudre de piment doux ou des poivrons multicolores qui ne piquent pas du tout.

À la fin de son déjeuner, mon père se sent vaseux. Il prend le *banh mi* du jour posé sur l'autel et le met dans le frigo avant de s'enfoncer dans son fauteuil. Il allume la télévision, le bouton fait toujours un claquement sec, mais il n'y a plus d'alcool de riz à proximité. Il a arrêté de boire à la mort de sa femme. Il voudrait garder les yeux ouverts, mais l'animatrice du téléachat caresse un set de coupe-légumes multifonctions, « Le nouvel appareil incontournable de votre cuisine, DOUZE pièces pour DOUZE découpes différentes possibles, un prix exceptionnel spécial pour VOUS. » Si seulement il avait autre chose à faire avant que la lumière du jour ne soit mangée par des offres spectaculaires et des rediffusions de séries policières allemandes. Ses yeux se fatiguent vite. Il est happé par le timbre impératif de l'animatrice. Est-ce que le coupe-légumes pourra couper son piment thaï dragon quand il n'y verra plus clair ?

Quand il se réveille, l'émission a changé. C'est désormais le journal télévisé.

« Tout à fait, Laurent, je peux vous confirmer que l'ambiance est électrique ici à Hong Kong. Cette année 2019 est marquée par le retour des manifestations, cinq ans après la "révolte des parapluies", mais cette fois contre une loi dite de "sécurité nationale". Par ce nouveau projet, la Chine entendrait réduire l'autonomie de Hong Kong. Pour en parler, je suis en compagnie d'un Français installé ici depuis une dizaine d'années. Bonjour, chef Nicolas, vous êtes restaurateur à Hong Kong. Êtes-vous inquiet pour la suite des événements ?

— Pour avoir vécu Occupy Central en première ligne, je dirais que ce qui se passe aujourd'hui n'a rien à voir : on a une escalade de violence et des manifs qui ressemblent de plus en plus à ce qu'on connaît en France : des voitures brûlées et des casseurs qui viennent profiter ! Mais je suis persuadé qu'au fond les Hongkongais sont pacifiques, c'est un peuple intelligent.

— Quels conseils donnez-vous à vos amis et votre famille ? Peuvent-ils venir vous rendre visite à Hong Kong dans la situation actuelle ?

— Il n'y a aucun problème. J'habite à Happy Valley, on est en sécurité là-haut. Ça change peu le quotidien des expats à part le week-end, il vaut mieux éviter le centre-ville car les métros sont bloqués.

— Quel impact le mouvement prodémocratique peut-il avoir sur Hong Kong à court terme ?

— Le business est touché, on ne peut pas le nier. Surtout dans notre secteur, en hôtellerie-restauration, les touristes sont moins nombreux. En plus, mon restaurant est à Admiralty, pas loin du LegCo, alors je peux vous dire qu'on a une vue plongeante sur les manifs !

— Soutenez-vous les manifestants ?

— En tant que Français, je suis pour les libertés et la démocratie, vous imaginez bien. La Révolution, chez nous, on connaît ! Mais j'ai beaucoup de clients du continent et je ne veux pas perdre mon visa d'entrepreneur. Donc je dois être pragmatique et apolitique !

— Merci, chef Nicolas, pour votre expertise sur la situation préoccupante mais maîtrisée à Hong Kong pour nos compatriotes français. Je vous rends l'antenne.

— Merci à notre correspondant à Hong Kong. Nous terminons le journal et vous donnons rendez-vous demain à la même heure. »

La caméra se coupe et la publicité est lancée. Les téléspectateurs comme mon père ne voient pas, dans les casernes, les policiers hongkongais endosser leurs gilets tactiques, s'armer de boucliers, masques, bombes lacrymogènes, gaz au poivre, flash-balls. Ils montent dans des camions-grues à destination des barricades dans les rues, où sont descendus des centaines de milliers de manifestants.

SOUTH CHINA EVENING STANDARD

9 juin 2019

Hong Kong a été témoin de sa plus grande manifestation depuis la rétrocession ce dimanche. Plus d'un million de personnes, selon les organisateurs, sont descendues dans la rue pour demander le retrait immédiat d'un projet de loi sur l'extradition.

Ce texte suscite de vives inquiétudes quant à l'érosion de l'autonomie judiciaire de Hong Kong. Si l'amendement est adopté par le Parlement local ou Legislative Council, ses dispositions permettront aux autorités de remettre des suspects directement aux mains de la justice de la République populaire de Chine.

Munis de pancartes rouges « Non à l'extradition », les manifestants ont défilé sur Hennessy Road dans un calme apparent. Cependant, en fin de journée, des barricades improvisées composées de barrières métalliques se sont constituées, tandis que la police a fait usage de bâtons et de gaz poivre pour disperser la foule. Malgré cette tension, aucun manifestant n'a été blessé, bien que 19 personnes aient été arrêtées.

Ce rassemblement massif n'était pas un événement isolé, mais s'inscrit dans un mouvement de colère populaire en expansion. Il fait suite aux manifestations du 31 mars et du 28 avril, qui ont réuni respectivement 12 000 et 130 000 participants, selon les organisateurs. Les revendications dénoncent l'ingérence grandissante de Beijing, la disparition de cinq libraires en 2015, l'exclusion de six législateurs prodémocratie en 2016 et 2017, et la condamnation en avril 2019 de quatre organisateurs du mouvement Occupy Central with Love and Peace de 2014.

Le projet de loi sur l'extradition est « la goutte de trop », selon les opposants, qui regroupent des avocats, des magistrats, des membres des milieux d'affaires et des citoyens. Ils craignent une perte irrémédiable des libertés fondamentales garanties par le modèle « Un pays, deux systèmes » inscrit dans la Basic Law de la région administrative spéciale et introduit par la déclaration sino-britannique signée en 1984 par Margaret Thatcher et Zhao Ziyang, organisant la rétrocession de l'ancienne colonie en 1997, assortie d'une période transitoire de cinquante ans.

DRAGON LADY

Au boulot, on travaille d'arrache-pied sur le lancement d'une nouvelle gamme de produits cosmétiques blanchissants baptisée Blanche Neige, un projet important pour la marque, qui vise des résultats spectaculaires. Je me pousse à prendre la parole à chaque réunion, même pour dire une banalité. Je me force à énoncer ce que je pense, même quand je ne suis pas sûre d'avoir raison. Je fais mon maximum pour gagner en confiance en moi. Je fais semblant de lâcher du lest, peut-être qu'à force je me détendrai pour de vrai. Peut-être que je tiens le bon bout. Peut-être que je suis en train de devenir celle que je veux être.

Je crois que Gigi est satisfaite de mon travail, même si je n'en suis pas certaine à cent pour cent : elle ne laisse rien paraître. Si on pouvait discuter un peu en dehors du bureau, boire un verre ensemble, comme avec les autres… Ça m'aiderait à mieux la cerner. Mais elle ne vient jamais aux *afterworks*, ni aux soirées organisées entre collègues.

Elle dit qu'elle habite trop loin de Central, mais je crois que c'est autre chose. Comme si, pour Gigi, le boulot s'arrêtait quand elle sort du bureau. Elle met un point d'honneur à séparer vie professionnelle et vie privée.

Justement, ce soir, un événement est prévu, où nous sommes toutes invitées. L'inauguration d'un restaurant tenu par un copain d'Aurélia, je l'ai entendu pendant qu'on se repoudrait le nez dans les toilettes de l'étage.

— J'ai faim, j'espère que ça sera bon, dit l'une de nous en dégainant son mascara.

— Pourvu que ce soit *open bar*, dit une autre en se coiffant.

— Menteuse, tu y vas surtout pour draguer, avoue !

L'établissement est logé en haut d'un gratte-ciel devant Wan Chai Pier, pas loin de là où le ferry accoste. La bâche publicitaire qui vantait une montre a cédé sa place à un building étincelant. L'ascenseur nous amène au dernier étage, le niveau *penthouse*, un étage sans chiffre sur le cadran lumineux, mais doté des lettres PH, qui ouvrent les portes du paradis. De cette hauteur, les navires sont des grains de riz. Sur la rive de Kowloon s'étale la splendeur de l'hôtel Peninsula, gondolé par les sommets des collines avoisinantes.

— Bienvenue au Mademoiselle Dragon. Quel est votre nom ?

L'hôtesse a eu du mal à prononcer *mademoiselle*. À sa décharge, MA-DE-MOI-SELLE n'est pas le mot le plus facile du dictionnaire. Si des extraterrestres arrivent sur terre, et que le premier mot qu'ils entendent est MA-DE-MOI-SELLE, il y a de fortes chances qu'ils exterminent sans sourciller notre civilisation. Une loi en France a pourtant fait de nous des *madames* sur les documents administratifs, mais *mademoiselle* est toujours drapé de glamour. Comme l'opium, le sauvage et l'Indochine, qui se vendent comme des petits pains sur un flacon de parfum ou un disque de rock.

L'hôtesse est moulée dans une robe 旗袍 *qipao* revisitée, courte et décolletée. Ma mère s'est mariée dans une robe 旗袍 *qipao*, mais le modèle classique : col qui monte jusque sous le menton et ourlet qui descend sur les chevilles. Pas un centimètre carré de peau ne dépasse sur sa photo de mariage. Si ma mère voyait l'uniforme de cette hôtesse, elle se retournerait dans ses cendres. Mais cela n'a pas d'importance. Sur une fille jeune et jolie, tout passe crème, et les cendres de ma mère seront un jour dispersées en mer de Chine, où elles seront dissoutes dans le ventre des poissons.

— Par ici, s'il vous plaît. Suivez Mademoiselle Dragon jusqu'à toucher son cœur.

Nous levons les yeux. Sur les murs peints, l'hôtesse nous montre un corps nu et tatoué dans des tons rouges et chauds, entrelacé de fleurs de lys et de pivoines charnues. Les courbes opulentes serpentent jusqu'à la salle, sertie de plantes luxuriantes. Sur le balcon filant, un DJ est installé dans un palanquin vintage. Les invités prennent des selfies devant les platines. Tout sourire, ils apprécient la fusion de l'Est et de l'Ouest. Pour eux, c'est l'ADN de Hong Kong.

L'endroit regorge de professionnels de l'industrie hôtelière, d'avocats, de diplomates. Il n'y a qu'une poignée de gens improbables comme moi, dont on ne sait par quelle heureuse coïncidence ils ont franchi le cordon de sécurité. Des journalistes *wine & dine* sont attendus pour des interviews. Quel boulot formidable, j'aimerais bien être payée pour manger, commenter ce que je mange et faire la pluie et le beau temps pour les restaurants. On dirait mon père à table, qui notait sans vergogne les plats de ma mère : « Trop salé. » « Trop sucré. » « Mais qu'est-ce que t'as mis dedans ? » Si c'était bon, il ne disait mot. Le silence était sa louange.

On se dirige vers le bar. Derrière les étagères chargées de bouteilles trône une statue géante de Bouddha. Deuxième convulsion prévisible de ma défunte mère. Est-ce un lieu de culte ou de débauche ? Où est l'encens ? Où est le bonze ? Que fait Bouddha dans le whisky et l'eau-de-vie ? Si ma mère s'était retrouvée face à ce blasphème, elle aurait fait des petits bonds incontrôlables pour se décharger du malaise.

Aurélia nous fait signe de la rejoindre, une coupe à la main. Avant, je n'aurais jamais trinqué avec ma supérieure. Dans ma tête, la hiérarchie, c'est la hiérarchie. Dans les séries télé de ma mère, les maîtres restent à l'écart des disciples. On ne fait pas copain-copain avec un prof, et encore moins la boss, sinon le monde connu peut s'écrouler. Mais je dois travailler mon lâcher-prise, n'est-ce pas ? Alors je respire, et je fais comme les autres.

— Qu'est-ce qu'on boit, les filles ?

On se tourne vers le barman, un jeune homme qui porte un *muscle tee* malgré la clim poussée au maximum. Ses tétons pointent sous le coton côtelé. Les filles gloussent et je suis perturbée par le rapprochement d'une statue de Bouddha avec un bodybuilder. Permets-moi de douter qu'il pratique la pleine conscience quand ses biceps agitent le shaker dans l'air.

Il nous suggère le cocktail *signature*. Ses lèvres bougent très vite tandis qu'il égrène la liste des ingrédients dans le brouhaha ambiant. J'attrape un nom de liqueur, une fleur d'antan et un composant habituellement non comestible. Je hoche la tête sans conviction. Ça m'a fait le même effet quand je suis allée au McDo de Mongkok. Le gars à la caisse débitait tellement vite que j'ai cru que le cantonais était une langue étrangère. Derrière moi, la file s'allongeait, j'ai paniqué et pris un menu au pif. Au point de collecte, j'ai récupéré un plateau contenant un burger de viande indéterminée et une sauce piquante qui m'a mise hors service pour deux jours.

Soudain, je le vois. Il est derrière la vitre de la cuisine ouverte. Je le reconnais tout de suite. L'inconnu du ferry. La star à la mèche. C'est le seul homme blanc de la brigade. Le 鬼佬 *gweilo*. Bien que le son ne parvienne pas à mes oreilles, je l'observe tandis qu'il crie, aboie des ordres et inspecte des assiettes alignées en rang d'oignons. Son visage se déforme sous l'effet de la concentration. Il est cuisinier, mais il pourrait tout autant être chef d'orchestre ou chevalier. On dirait qu'il vient de mettre à mort un monstre crachant du feu dans des ronces menaçantes.

Il y a encore peu de temps, je n'aurais jamais osé qualifier quiconque d'*homme blanc.* Mes parents disaient les *Français,* comme si le *blanc* n'était pas une couleur. Comme si nous n'étions pas de *vrais* Français malgré les papiers tamponnés par la préfecture. Mes parents répétaient qu'en France on est des *invités.* Les invités mangent ce qu'ils ont dans l'assiette, n'élèvent pas la voix, n'abordent pas de sujets qui fâchent, débarrassent avant de partir et espèrent être conviés au prochain festin. J'aurais pu graver sur la tombe de ma mère : « Invitée plus que parfaite », mais elle a été incinérée. Elle disait qu'on est des 華僑 *waa qiu*, c'est le nom donné aux diasporas chinoises dans le monde. Littéralement, nous sommes des « Chinois de la Passerelle ». Partout où nous allons, nous construisons des ponts, mais restons à jamais ces invités qui se tiennent à table et mangent du bout des lèvres.

À Hong Kong, j'ai appris à dire 鬼佬 *gweilo* comme tout le monde. Il y a un côté pragmatique dans la langue. On appelle un chat par 貓 le son qu'il émet. On nomme le quartier de l'hippodrome d'après 跑馬地 le circuit hippique, tandis que les Britanniques l'ont baptisé Happy Valley à cause des cimetières où sont enterrés les soldats fauchés par la malaria. Alors quoi de plus normal que d'appeler un Blanc un 鬼佬*gweilo* ? Jusqu'à la rétrocession à la Chine, des *gweilo* gouvernaient la colonie, des *gweilo* à perruque bouclée présidaient les tribunaux, des *gweilo* construisaient des réservoirs et des polders.

Quand le chef aperçoit notre petit groupe, il sort de la cuisine et s'approche à grands pas. Mon cœur s'emballe. Se rappelle-t-il notre rencontre sur le ferry ? J'ai l'impression qu'il vient vers moi. Les filles s'écartent pour le laisser passer. Un peu plus et elles lui font une haie d'honneur. Il est à deux doigts de mon visage. Je crois voir un flash crépiter. Si on était dans une comédie musicale, il me soulèverait par la taille et me ferait tourner dans un rock acrobatique. Les yeux de la terre entière sont braqués sur moi pendant qu'il me fait la bise.

— On se connaît, non ? Happy Heart ?

Je sens les joues me brûler, plus rouges que les tatouages de Mademoiselle Dragon.

— Pas la peine de te présenter le chef Nicolas, à ce que je vois ! s'exclame Aurélia, stupéfaite. Alors comme ça, Sam, tu es arrivée à Hong Kong depuis six mois seulement et tu connais déjà du beau monde ?

— Enfin… je…

— J'espère que vous passez toutes une belle soirée, mesdames. Veuillez m'excuser, j'ai du lait sur le feu, termine-t-il sans me quitter des yeux.

Il n'en fallait pas plus pour que les filles me submergent de questions. Je leur fais un topo sur la traversée du ferry pendant que le barman nous tend nos verres.

— Tchin tchin !
— 飲勝 !
— Hyper romantique, votre *meet-cute* sur un bateau.
— Vous formez un beau couple.
— Vos enfants seront magnifiques…
— Arrêtez, c'est pas du tout ce que vous croyez…
On entend le micro s'allumer. Au centre de la salle, sous la verrière, un homme d'une soixantaine d'années prend la parole. Aurélia me chuchote à l'oreille que Monsieur Cheung est le proprio des lieux, un *tycoon* médiatique qui se déplace en jet privé. Il me semble avoir déjà vu cet homme. Était-ce à la télé ? En fait, au bout de quelques secondes, je réalise qu'il me fait penser à mon père. Dans un univers parallèle, mon père aurait pu être un homme d'affaires prolifique comme ce Monsieur Cheung. S'il n'y avait pas eu la guerre, si l'usine de thé n'avait pas été réquisitionnée par le régime. Si ses parents n'avaient pas été accusés de trahison. S'il n'avait pas eu à fuir le Vietnam sur une embarcation de fortune pour un camp de réfugiés. Avec des si, on met le monde en bouteille, pas vrai ?
— Un dicton populaire dit que les Cantonais mangent tout ce qui a quatre pattes sauf les tables, tout ce qui vole sauf les avions, et tout ce qui nage sauf les bateaux, commence Monsieur Cheung.

Rires dans la salle. À ses côtés se tient sa femme, la tête haute. On doit souvent lui dire qu'elle ne *fait pas son âge*. Elle attribue ça aux bienfaits de la pharmacopée, du ginseng et des nids d'hirondelle, mais ce sont surtout les liasses de billets qui entretiennent l'élasticité de son épiderme. C'est mon cœur de métier, alors je sais de quoi je parle.

Aurélia s'empresse de me procurer des éléments de contexte. C'est agréable d'avoir une biographie des gens dans l'oreillette. J'apprends donc que Madame Cheung est l'héritière d'une lignée de *compradors*, les premiers intermédiaires de la Couronne, enrichis grâce aux relations étroites nouées lors du développement économique de la colonie. Négoce, transport maritime, énergie, immobilier, ils savent tout faire dans cette grande famille qui a su naviguer entre les guerres de l'Opium, les Traités inégaux, les épidémies de peste, l'occupation japonaise, la montée du communisme, les remous de la Révolution culturelle, les vraies-fausses grenades de 1967 et les fluctuations de quatre krachs boursiers. Madame Cheung a versé une larme le jour de la rétrocession sous la pluie battante et a éduqué ses enfants en Europe. Contrairement à son mari, qui a fait fortune avec l'ouverture du marché chinois, elle a opté pour la citoyenneté britannique, car elle n'a pas besoin de détaxe pour son shopping. Ma mère aurait donné cher pour avoir le même destin que cette dame, mais les bonnes fées qui se sont penchées sur son berceau lui ont tartiné le visage de déchets de carotte plutôt que de crèmes La Prairie.

À l'aide d'une paire de ciseaux dorée, le couple coupe mollement le ruban rouge sous les applaudissements.

— Petit, j'ai connu la faim. Nous étions plus pauvres que les plus pauvres. J'ai fui mon village près de Guangzhou et traversé la rivière Shenzhen pour entrer clandestinement à

Hong Kong. Je ne savais pas nager et je me suis cramponné à une branche flottante. C'était une nuit de tempête, car on savait qu'en cas de pluie et de vent ils ne lâchaient pas les chiens. Avec ma mère et mes frères, on a échappé à la police, aux mitraillettes, à la prison. Chez les Cheung, nous avons fait de la survie une entreprise et un modèle économique. Nous avons su manier la Couronne, nous savons manier le Parti. Nous ne faisons pas de politique, ni la fine bouche. Nous nous adaptons, comme la cuisine fusion.

Les photographes mitraillent. Madame Cheung sourit dans sa robe ample en soie fleurie qui n'arbore aucun logo apparent, mais les vrais savent reconnaître les atours de la haute couture. De Paris, bien évidemment. Madame Cheung a horreur des signes ostentatoires, pièges à nouveaux riches qui servent sottement de panneaux publicitaires. Il n'y a que le prestige discret et indémodable de la France qui lui sied.

— Je remercie le chef Nicolas, qui nous fait l'honneur de rejoindre nos rangs. Grâce à lui, le Mademoiselle Dragon rassemble les deux cuisines les plus raffinées et appréciées, la gastronomie hongkongaise et le savoir-faire français, dans notre capitale où la concurrence est aussi exigeante que féroce. Souhaitons longue vie au Mademoiselle Dragon !

Tonnerre d'acclamations. La parole est au chef Nicolas, toutes dents dehors et col de veste relevé.

— Ceux qui me connaissent savent que je suis amoureux de l'Asie. AMOUREUX, le mot est faible. Je n'aurais jamais imaginé pouvoir un jour partager ma passion, la cuisine, dans ce cadre splendide. Bref, vous l'avez compris, ce restaurant est un rêve éveillé pour moi et le début d'une grande et belle aventure. Mais, sans plus attendre, mesdames et messieurs, voici l'essentiel : j'espère que le menu vous plaira.

Les serveuses raboulent les chariots fumants remplis, d'un côté, de mini-tournedos Rossini, gratin dauphinois, tatin d'oignons, de l'autre, de 蝦餃 *ha kao*, 燒賣 *siu mai*, 糯米雞 *lo mai gai*, et, entre les deux, de cinquante nuances de *fusion*.

— *Oh my god*, j'adore le foie gras et les *dim sum* ! s'écrie une femme qui ne sait où donner de la tête.

Traditionnellement, les 點心 *dim sum* font partie du 飲茶 *yam tcha*, un repas dominical autour du thé, qui est aussi agrémenté de soupes, viandes rôties, poissons et fruits de mer dans les 茶餐廳 *cha chaan teng*, sortes de grandes brasseries cantonaises. Mais, bizarrement, seuls les paniers en bambou ont été exportés dans l'imaginaire occidental. Ma mère se moquait à voix basse des Français qui déclarent leur amour pour les *vapeur* quand on mangeait chez sa copine au Nioulaville de la rue de l'Orillon, le seul restaurant de Belleville où ils étaient encore servis sur des chariots. C'est comme si on résumait par *croissants* l'entièreté d'un petit déjeuner continental. Je ne sais pas si tu comprends, car il n'y a pas de correspondance possible. L'incomparable est le legs des Traités inégaux.

— Ne bougez pas. Vous êtes parfaites, simplement parfaites.

Un photographe nous tire le portrait. Le lendemain, la photo sera sur Internet. Moi et mes collègues à la queue leu leu, en pose chorégraphiée, dévoilant nos cuissots galbés. Il ne manque plus que les jarretières en dentelle et Aurélia qui donne le coup d'envoi pour qu'on parte en French cancan, baignées de la lumière sulfureuse de cette Mademoiselle Dragon. Sur l'image, un titre en caractères langoureux : « Le nouvel antre des plaisirs terrestres : un must pour les amateurs de bonne chère/chair. »

Près de la cuisine, Nicolas répond aux questions d'un journaliste. Je m'approche à petits pas et je l'écoute parler de son enfance. Au fond, c'est comme un *date*. Il se présente sous son meilleur jour, alterne anecdotes personnelles et réussites professionnelles sans perdre de vue son objectif de séduction.

— Là où j'ai grandi, c'était un peu la campagne, des champs de colza et l'Indre qui sort de son lit de temps à autre pour inonder les grottes et les troglodytes. Mes parents ne roulaient pas sur l'or, mais je n'ai manqué de rien, explique le chef Nicolas.

Nos regards se croisent, et je ne sais pas s'il s'adresse à moi ou au journaliste qui l'enregistre avec son dictaphone. Je l'imagine petit garçon sur une balançoire en métal dans son jardin. Ses parents tenaient un restaurant avec vue sur le fleuve. Ce sont des commerçants, comme les miens. Notre premier point commun. Lui a été élevé aux rillons et au chenin blanc avant de *monter* à Paris pour se former auprès de chefs prestigieux. Après avoir fait ses preuves, il est envoyé en Asie, où il troque beurre et crème pour sauce soja et huile de sésame, des saveurs qu'il estime plus vives et honnêtes. Il aime la franchise des Chinois : « Combien ça coûte ? Combien tu gagnes ? » Il n'emploie plus de tournures alambiquées, « je vous prie de croire » ou « veuillez agréer ». Il ne regrette pas d'être parti, se débarrassant au passage du poids des convenances et du théâtre social à la française. Il ne s'est jamais senti aussi spirituel que depuis qu'il vit en terre bouddhiste, sans péché originel ni rédemption. À Hong Kong, le chef Nicolas vit sa meilleure vie.

— La cuisine est le lieu idéal pour faire dialoguer les cultures, mélanger les techniques, allier les saveurs afin de sublimer les recettes traditionnelles et surprendre les gastronomes. C'est l'ambition du Mademoiselle Dragon.

Le portrait sera publié dans un magazine prescripteur et Nicolas le fera encadrer dans son salon. Il y aura la liste des palaces étoilés où il a fait ses classes, et ses inspirations puisées dans sa région de naissance, vers Tours, dans le centre de la France. Bien qu'il ait quitté l'Hexagone depuis belle lurette, le journaliste fera néanmoins des références à la vallée des Rois, à ses châteaux à visiter en vélo, aux illustres personnages de l'histoire, et les lecteurs seront ravis d'avoir un soupçon de Balzac dans leur canard laqué quand ils réservent une table au Mademoiselle Dragon.

Quand les plats ont été vidés, le DJ remballe ses platines et les convives se dirigent vers les ascenseurs. Parmi les collègues, certaines sont dépourvues de l'enzyme qui métabolise l'alcool… et sont donc complètement pompettes. L'une d'elles nous montre ses tatouages. C'est à cause du cadre, peut-être un effet d'entraînement : d'en voir en long et en large sur les murs, ça donne des idées. Moi aussi, à ma descente d'avion, j'ai marqué le coup. Sur Google, j'ai trouvé une adresse avec des notes correctes et je me suis allongée sur une table de tatouage à North Point. Du parloir sombre, je suis ressortie avec l'inscription « *Break free* » à l'intérieur de mon mollet gauche. J'ai serré les dents pour faire de ces mots auspicieux ma devise. Le matin, en me lavant les dents, je les répète devant mon miroir pour les rendre réalité.

— Sam, tu rentres avec nous ?

— Je vais pas tarder non plus, à demain !

D'habitude, je ne fais pas de vieux os, parce que rien n'est plus glauque que les fins de soirée, quand les derniers à zoner sont des naufragés en quête d'une bouée. Leurs standards ont fondu avec la glace des cocktails, ils finiraient par repartir avec n'importe qui. Mais ce soir ce ne sera pas moi. Je reste parce que j'espère savourer un moment avec mon VIP. Sauf que je l'ai perdu de vue, je fais les cent pas dans la salle à sa recherche. Pourvu que je ne ressemble pas à l'un de ces zombies désespérés qui me talonnent, prêts à me tomber dessus avec une accroche de drague à deux balles.

Dans un coin, une serveuse me tapote sur l'épaule et m'emmène sur la coursive. Au fond, une table pour deux est dressée face à la *skyline* piquetée. Nicolas est assis, avec une bouteille et ce regard intense qui fait bondir mon pouls. Sa mèche est baignée par la lumière bleutée de la tour Bank of China, reconnaissable à ses croix aiguisées.

— Tu as bien mangé ? me demande-t-il.

— C'était délicieux.

On trinque et je rentre un peu plus mon ventre sur la chaise. Je ne sais pas quoi lui dire, voilà que j'ai de nouveau peur d'ouvrir la bouche. Tous ces efforts pour booster ma confiance se sont évanouis au moment où j'en ai le plus besoin.

J'aimerais lui parler sans retenue, comme si on se connaissait depuis longtemps. Quelque part, c'est vrai : je l'ai rencontré lors de mon premier jour à Hong Kong. C'est donc lui ma plus vieille connaissance à dix mille kilomètres à la ronde. Je retracerais le chemin parcouru depuis ce trajet en ferry, le vertige des débuts quand on recommence à zéro, le fantôme de ma mère qui me poursuit et la solitude des lendemains de fête quand personne ne nous attend à la maison. Je mentionnerais aussi les détours au temple et la prédiction de l'oracle qui n'est pas loin de se réaliser. Je crois toujours que le plus grand changement de ma vie est à venir et, lorsqu'il plonge ses yeux dans les miens, je sens une vague soulever mon corps.

— Alors toi aussi tu es française ?

— Oui.

— Cœur Joie…
— Pardon ?
— En français, Happy Heart, ça donne Cœur Joie.

Je n'ai pas joué tous mes atouts, mais c'est mon meilleur *date* à ce jour. Lorsque Nicolas me raccompagne à l'ascenseur, il n'y a plus un chat dans le restaurant. Il s'incline pour appuyer sur le bouton d'appel, assez proche pour que j'entende sa respiration. Je me retourne vers lui, dos aux portes, et dans un enchaînement si fluide qu'il paraît inévitable il se penche plus encore. Je suis entourée de ses bras tendus, ses mains posées sur le métal strié des portes. Il m'offre un baiser qui me fait basculer, ses lèvres pressées fort contre les miennes. Le signal retentit, les portes coulissent et je me sens tomber en arrière, absorbée tout entière dans ses bras qui m'emportent dans la cabine. Pendant qu'il m'embrasse, un baiser long et expressif, je croise les doigts. Si la prophétie dit vrai, je supprimerai mon profil sur les applis de rencontre. *Win-win,* on avait dit.

FRENCH KISS

Trois mois se sont écoulés depuis notre premier bisou et ma brosse à dents trône sur son meuble de salle de bains. C'est un signe, non ? Les choses sont allées tellement vite que je n'ai pas eu le temps de m'épiler. Je plaisante, bien sûr. Je ne m'épile pas. Je n'ai simplement pas de poils sous les aisselles. C'est dans mes gènes. S'il existe des avantages à être asiatique, la pilosité en fait clairement partie.

— Je suis sûr qu'il y a d'autres points positifs, affirme Nicolas.

— Ah oui, comme quoi ? je demande, curieuse d'en connaître la teneur.

— Bah, par exemple, se réclamer de cultures ancestrales, descendre de civilisations grandioses qui ont une histoire multimillénaire et ont fabriqué de leurs mains des merveilles de ce monde ?

En effet, c'est pas mal. C'est la classe, même. Il m'a fallu l'entendre de sa bouche pour m'en souvenir. Je l'avais un peu oublié. À ma décharge, je ne l'ai pas souvent entendu en grandissant. Pire, en langue française, il suffit d'ajouter l'adjectif « chinois » à un casse-tête ou un supplice pour les rendre insupportables : un complément circonstanciel de catastrophe. Ce n'est donc pas entièrement ma faute si ma fierté est passée à la trappe. Mais en l'écoutant je me sens quand même coupable. Il y a peu de temps, j'aurais tout donné pour ne plus être asiatique. Peut-être que ça m'arrive encore. J'ai l'impression d'être un ressort maintenu très serré qui prend d'un coup son essor hors de sa boîte.

— J'ai des preuves. Je peux te les montrer.

— Ah oui ? dis-je, intriguée par sa proposition.

Tous les soirs, je vais au Mademoiselle Dragon et j'attends la fin de son service. Je m'assois à la même table près de la cuisine, où je teste à l'œil ses créations culinaires originales. Dès qu'on rentre du resto, on va s'enfoncer dans son lit *king-size*, où il partage avec moi les films cultes de sa bibliothèque.

— Tu ne connais pas ce réalisateur ? C'est un génie. Admire cette splendeur.

Je ne connais rien au cinéma d'auteur. T'as dû le remarquer, ce n'est pas avec mes références de multiplexe que je vais lancer un débat dans un dîner de la rive gauche. De plus, si un film vaguement conceptuel passait à la télévision, mon père sortait la télécommande : « C'est pas pour nous, ça. » Il n'y avait pas de discussion possible. Ça se voyait comme le nez au milieu de la figure, qu'on ne possédait ni bibliothèque ni meubles véritables, juste des cartons posés sur d'autres cartons. À quoi bon ? Ma mère était prête à tout quitter au premier bombardement.

— Alors ce film est inspiré d'un fait divers qui a secoué le Japon dans les années 1930. Le réalisateur a brisé les tabous de la morale et, au passage, il a aussi bouleversé les codes de la sensualité à l'écran. Les acteurs ne simulent pas, ils vivent vraiment leur passion devant la caméra... Mais tu es sûre que ça ne t'ennuie pas ?

— Non, au contraire, ça m'intéresse, j'aime bien apprendre de nouvelles choses.

Je bois ses paroles, éblouie par sa démonstration de culture générale. Mon père zappait aussi les scènes olé olé plus vite que son ombre. Mon éducation en la matière est entièrement à refaire et Nicolas s'en donne à *cœur joie*.

— Avant, je croyais, comme tout le monde, que les geishas étaient des prostituées de luxe, mais en fait pas du tout. Étymologiquement, *geisha* signifie « personne qui pratique les arts », ce sont d'abord des femmes formées dans les arts classiques, talentueuses et triées sur le volet pour divertir les classes supérieures tout en préservant un certain art de vivre : de vrais symboles de raffinement. Comme beaucoup de femmes en ce bas monde, elles méritent bien mieux que cette réputation simpliste et scabreuse.

Séance après séance, il poursuit ses exposés foisonnants et m'ouvre des portes que je n'aurais pas osé pousser seule. Je prends mes distances avec la modération balourde de mon père et les navets prévisibles de ma mère. Je desserre petit à petit mes œillères et la peur de ma propre ignorance. Une nuit, pendant que nos corps se rapprochent sur son matelas moelleux, Nicolas me dit ces quelques phrases qui tourneront dans ma tête et m'empêcheront de dormir.

— C'est fou, cette manie qu'ont les Blancs de tout exotiser... et de tout salir dans le même geste, explique-t-il avec lassitude. Ils prennent un rôle, un art, une histoire, ils les vident et les plaquent sur leurs fantasmes. Exactement comme la geisha qui est transformée en poupée soumise alors qu'à la base c'est un métier respectable au Japon. Le cliché de la femme asiatique silencieuse et docile, c'est aussi faux que celui de la femme noire forte et fougueuse. Elles ne sont pas considérées pour ce qu'elles sont, seulement pour ce qu'elles projettent sur les imaginaires.

Nicolas est en train de me parler d'un film, mais en vérité j'ai le sentiment qu'il parle de moi. Il met là le doigt sur une ombre qui m'a pesé sans que je puisse poser des mots dessus. Jamais je n'aurais cru que quelqu'un d'autre y verrait clair dans mon brouillard. Et ce n'est pas seulement un soulagement qui me traverse mais aussi des souvenirs enfermés dans ma mémoire.

Je me rappelle qu'à l'adolescence mon père m'a défendu de traverser le jardin de l'Îlot à Belleville, où des femmes patientent entre deux clients. Mais c'était beaucoup plus long de faire le tour par le boulevard. Une fois, j'étais en retard pour mon cours de natation et j'ai bravé son interdiction. J'ai coupé par le parvis vers la rue de l'Atlas, marchant d'abord sous des regards appuyés et des sourires entendus, puis quand j'ai entendu un sifflement j'ai commencé à accélérer. « Viens là, petite. » « 你好 *Ni hao* » « C'est combien ? » Mon corps est soudainement devenu lourd, transpercé par des lances vicieuses. À côté du square, là où le chemin monte, j'ai couru à perdre haleine, mais la côte m'a semblé insurmontable. De retour à la maison, je n'ai rien dit à mon père, persuadée d'avoir mérité ma peine.

— Bon, heureusement, on n'est pas tous comme ça…, murmure Nicolas en m'enlaçant.

À partir de cette nuit-là, dans ses bras, un verrou s'est disloqué dans mon for intérieur. Je me suis vue franchir un cap dans notre relation. Pour une fois, je n'avais pas à lui résister, ni à prouver quoi que ce soit. Nicolas me trouve belle, alors je me trouve belle. Il m'achète des cadeaux, alors je me sens précieuse. Il me nourrit de petites attentions dont je me repais telle une affamée qui a connu des années de disette.

Lorsqu'il déclare :

— Ces filles qui trafiquent leurs paupières, quel dommage. Ce regard te donne tant de piquant… le plus beau cadeau que la nature t'ait offert…

Je mets alors de côté le devis de chirurgie esthétique que j'ai fait établir dans une clinique de Quarry Bay. Pour le prix d'un mois de salaire, j'ai, moi aussi, envisagé la blépharoplastie. À chaque fleur que Nicolas me lance je me redresse centimètre par centimètre.

— Tes cheveux sont si beaux…

Du coup, je les chauffe au fer pour qu'ils retombent encore plus droit. Je vois dans son regard que ça lui plaît et j'adore ça.

Puis vient un soir où on est confortablement lovés, prêts à sortir le pop-corn :

— Je peux te demander quelque chose ? Mais tu promets de ne pas te fâcher, d'accord… ? chuchote-t-il sur un ton de confidence.

— Bien sûr, dis-moi…, je lui réponds du tac au tac, emballée par l'idée qu'il se sent assez en confiance pour s'ouvrir lui aussi.

Nicolas me dévoile alors un autre pan de son catalogue de DVD, des boîtiers qu'il range sous son lit, un peu comme la section interdite du vidéoclub.

— Ça te dit ? Tu verras, tu vas apprendre plein de choses aussi…

Après tout, on ne fait rien de mal. Il y a des fantasmes plus inavouables. Et au demeurant Nicolas est très gentil avec moi. Au dernier moment, avant d'appuyer sur le bouton *play,* il me tend un kimono qui est en réalité un peignoir à grandes emmanchures fendu très haut de part et d'autre de mes hanches.

— Incroyable… viens, laisse-toi aller…, plaide-t-il, les yeux absorbés par une quête de plaisir total et absolu… Ma GEISHA, lâche-t-il dans un souffle ultime.

Il aime regarder ses films fétiches et reconstituer ses scènes préférées. Pour lui, je fais semblant d'être une prostituée dans une maison close, je croise et décroise les jambes, je l'envoûte en plaçant une cigarette fumante à un endroit insolite. Nicolas est friand des rôles de figuration, ces extras qui se fondent dans la masse et dont les noms ne sont pas crédités au générique. Puisque j'ai fait le vœu de faire advenir une nouvelle moi, je deviens tour à tour employée de boutique, *street girl* et femme au bordel numéro un. J'incarne une domestique à détrousser dans un placard de la bâtisse du maître, je prétends être une silhouette qu'on coince au fond d'un couloir mal éclairé. Je feins de me débattre, je crie à l'aide, je le supplie en prenant un accent grotesque. J'enchaîne les rôles mais, lorsqu'il a le dos tourné, je fixe le plafond, je pense à autre chose et j'attends qu'il termine. Si les filles du bureau me demandent avec un clin d'œil si Nicolas a des envies excentriques, je me crispe. Je sens bien qu'il y a un truc qui cloche, comme un bulbe qui frétille au fond d'une pièce secrète, quelque chose de pas très net dont je ne sais quoi faire.

HIGH DUSTING

Quand je dors la nuit chez Nicolas, je m'imagine habiter à plein temps dans ce duplex où chaque objet a sa place, où la poussière ne s'accumule pas grâce aux petites mains des aides domestiques. Elles m'appellent « *Madam* », ce qui me gênait un peu au tout début. Mais depuis six mois on ne se quitte plus, et je me suis habituée à être traitée avec déférence par Jessica et Jennifer. Je ne les vois pas beaucoup, elles sont discrètes. On les croirait livrées avec la voiture de fonction, les billets en Business et le prestige conféré au statut d'expatrié.

— Écoute, j'en ai pris deux et je les paye au-dessus de la moyenne, mais je n'arrive pas à me défaire de la mauvaise image du maître et des servantes. De toute façon, je suis rarement chez moi, elles font ce qu'elles veulent…, se console Nicolas.

Jessica et Jennifer portent la même robe à carreaux roses et blancs. Un modèle classique à col V, manches courtes et poches à bordure ourlée. Leur uniforme est une pièce intemporelle, saison après saison, patron après patron. Il provient d'une arcade de shopping pour petits budgets tenue par des femmes philippines dans le bas d'Admiralty. On peut y trouver des blouses de ménage et des snacks à la crème 咖吔 *kaya*, que ma mère me tartinait au goûter.

Le matin, Jessica nous prépare un jus de fruits minute à base de mangue, goyave et fruit de la passion. Je bois le smoothie à petites gorgées rapides. Entre mes lèvres, je serre le rebord du verre fin. Vite, avant que la boisson ne s'oxyde et que ses bienfaits ne s'envolent. Je me demande si sa machine extrait aussi le jus de carotte et si elle jette la pulpe directement à la poubelle.

Je me verrais bien vivre là à l'année, chouchoutée par Jessica et Jennifer jour et nuit. En rentrant du travail, j'enlèverais mes talons qui me serrent avant de me jeter sur le canapé d'angle. Là, je posterais mes orteils en hauteur sur le repose-pieds. À l'heure de l'apéro, je siroterais un verre de blanc. Je n'aurais même pas besoin d'ouvrir la bouche, Jessica et Jennifer sauraient que je l'aime bien frais et, dès que la bouteille serait à moitié vide, elles passeraient commande chez le caviste sans que j'aie à lever le petit doigt.

Non, en fait, si je vivais dans cet appartement de haut standing, je n'en sortirais même pas. Je collerais ma démission à la face d'Aurélia et je n'aurais plus à porter des talons au bureau. Je n'aurais pas non plus la marque du soutif qui me lacère le buste à la fin de la journée. Je me prélasserais à toute heure en claquettes, avec le cheveu gras qui rebique, à mater mes séries sur grand écran. Et puis, cinq minutes avant le retour du mari prodigue, j'irais me pomponner devant ma coiffeuse pour qu'il savoure mon meilleur profil.

« Ma fille, n'écoute pas ces arnaqueuses qui prétendent que pour être libre il faut travailler dur. Regarde-les se libérer pendant que je lave leurs vêtements sales. Trouve-toi un bon mari, puisque ton père ne te laissera pas d'héritage. »

Ma mère se plaignait de son travail comme d'une prison. Je la revois plier et repasser pendant des heures, le dos cassé, les mains rugueuses, les jambes lourdes à cause de la station debout prolongée. Le soir, elle avait mal partout. Elle était si épuisée qu'elle n'en trouvait pas le sommeil. Elle aurait aimé que mon père lui fasse un massage, mais surtout elle attendait qu'il la sorte de cette vie. Comment aurait-il pu ? Lui aussi avait les mains abîmées, une tendinite au poignet, et cette fatigue chronique qui le rend trop las pour aimer.

En fin de compte, j'ai bien fait de ne pas reprendre la boutique de mes parents. Je me projette mieux dans cette cuisine tout équipée. Son plan de travail en granit me donne envie de pétrir mon pain et de réussir des tartes maison. Je veux être là quand Nicolas rentre le soir pour l'écouter se plaindre de son travail. Je dodelinerais de la tête et allégerais ses soupirs tandis qu'il pesterait contre un *no-show*, s'indignerait contre la hausse du prix des matières premières ou se féliciterait du remplacement d'une extra au pied levé. Je préfère être un trophée plutôt qu'un outil. Je ne veux pas trimer pour que la vie des autres soit plaisante. Je ne veux pas mourir comme ma mère.

Aujourd'hui, c'est son jour de congé et Nicolas mangerait bien des huîtres.

— Tu les aimes comment, tes huîtres ?

— Qu'est-ce que tu dis, mon chéri ?

— Les huîtres, tu veux des fines de claire, des plates, des creuses, des spéciales ? Attends, on peut aussi prendre des sauvages, s'il y a un arrivage.

Sur la glace pilée du plateau, les doigts graciles de Jennifer arrangent les coquilles sans résidus d'écaille. Jessica dépose sur le bord de la table un petit panier dans lequel sont alignés des toasts au seigle, du beurre Bordier, des quartiers de citron et du vinaigre aux échalotes. Mais Nicolas les préfère dans leur plus simple appareil. Qu'une substance extérieure trouble leur perfection naturelle lui est odieux. Un puriste de l'huître, surtout lorsqu'il a affaire à une sélection importée de Cancale, de Paimpol ou de la presqu'île de Rhuys.

— Rien à voir avec ces variétés grossières des viviers de Sai Kung.

Je les avale sans mâcher. J'apprécie les huîtres depuis aussi longtemps que je fume des menthol et bois du champagne.

— Ah, j'ai trop mangé. Je vais encore perdre ma partie de tennis ! s'exclame Nicolas, affalé sur sa chaise.

— Ce qui compte, c'est la beauté du geste. À quelle heure t'as réservé le court ?

— Je dois être au Country Club pour le café.

— Le temps de me changer, je t'accompagne.

Penchée sur le garde-corps du douzième étage, Jessica suit du regard notre berline qui s'éloigne le long de Tai Hang Road. Elle saisit une clope dans le paquet de Salem que j'ai laissé ouvert sur la table basse extérieure. Elle grimace à la première bouffée. Ce goût de chlorophylle, elle ne s'y fait pas. C'est comme se brosser les dents avec du tabac. Jessica tire avec force sur sa cigarette et fait tomber la cendre dans le pot de l'érable du Japon. Allongée sur le canapé de la terrasse, elle s'étire de tout son long, jambes tendues et chaussures aux pieds.

— Qu'est-ce que tu fous ? la gronde Jennifer.

— Rien, je fume.

— Mais c'est à *Madam,* ces cigarettes...

— Ça la dérange pas.

C'est vrai, je lui ai proposé plusieurs fois de se servir, mais elle ne se le permet pas en ma présence. Je me sens étrangement proche des filles, peut-être parce que le fonds de commerce de mes parents était aussi la propreté ? Sur la carte, le Cambodge et le Vietnam ne sont pas éloignés des Philippines et de l'Indonésie. Si on faisait une grande fête, est-ce que je partagerais des clopes avec Jennifer et Jessica plutôt qu'avec Aurélia et Nicolas ? Et si ma mère avait été dirigée vers un camp de réfugiés en Malaisie ou en Thaïlande, si elle n'avait pas croisé mon père, je me tiendrais peut-être du même côté de la cuisine qu'elles. Parfois, j'aimerais être une petite souris pour les observer en notre absence.

— Et s'ils rentrent à l'improviste ?

— Mais non, ils viennent de partir, ils en ont pour des heures…

— Quelqu'un peut nous dénoncer.

— Qui ferait ça ?

— Les voisins, le chauffeur, on sait jamais. *Mister* a peut-être mis des caméras.

— Il en est capable…

Jennifer n'est pas tranquille, car elle n'a pas droit à l'erreur. Ce job, elle doit le garder si elle veut envoyer l'argent à sa mère et ses enfants restés au pays. Elle parle le tagalog avec un peu d'anglais, parfois quelques mots d'espagnol et de malaisien. Jessica mêle l'indonésien à des bribes de cantonais. Elles connaissent des bouts de français glanés à partir de nos conversations. À force de déduire et de lire sur les lèvres, elles sont autodidactes en polyglottisme et communication non verbale.

Quand Jennifer était enfant, elle a regardé l'émission *Maid in the Philippines* à la télé. Comme à l'écran, les femmes de sa famille ont quitté leur pays pour devenir nourrices, aides ménagères ou cuisinières. Ses sœurs sont à Abu Dhabi et Singapour. Ses cousines sont parties en France et aux États-Unis. Il paraît que l'une d'elles s'est mariée en Californie et a eu des enfants. Elle est peut-être une *Madam* comme moi.

— Aujourd'hui, c'est le jour du *high dusting*.

— C'est quoi ça ?

— On doit passer le torchon à poussière au-dessus des meubles.

— Je vais chercher l'escabeau dans la réserve.

— J'arrive, je finis ma clope.

Prenant son mal en patience, Jennifer se pose en biais sur le rebord d'un fauteuil de la terrasse. Elle ne s'adosse pas au rotin tressé qui se déploie en couronne de croisillons. Elle s'asseyait ainsi dans les *jeepneys* qui sillonnent les routes de Manille, toujours sur le qui-vive. Il faut avoir le cœur bien accroché pour ne pas louper son arrêt et rembarrer les mains baladeuses.

Elle n'a pas remarqué que ce trône spectaculaire est le même que celui qui figure sur l'un des DVD de *Mister*, rangés sous son lit. Elle n'a aucune idée de la notoriété de ce fauteuil qui a marqué une génération de Français. Elle ne sait pas que ce siège est nommé d'après la saga érotique *Emmanuelle*, dont les premiers succès ont été tournés en Asie. Elle sait en revanche comment nettoyer l'assise à la brosse humide. Le motif tressé lui rappelle les plumes d'un paon faisant la roue en pleine parade nuptiale, et sa mère qui entrelace les fibres du palmier buri. Sa mère fabrique des pochettes et des paniers à fruits dont raffolent les touristes sur les marchés de Sariaya, un cadeau parfait à offrir aux proches. Pour une poignée de pesos, les voyageurs ne s'en privent pas.

Jennifer se laisse emporter un instant dans ses souvenirs, sur les plages paradisiaques de la baie de Tayabas, sous les arbres fertiles que son père et son oncle abattent pour les rapporter à la coopérative. Elle entend la voix de sa mère qui lui reproche sa maladresse quand elle manie le métier à tisser. « À cette vitesse, je ne pourrai jamais te confier les cabas ou les nattes ! » Son cœur se serre à l'idée que le fauteuil de *Mister* pourrait venir de chez elle. Elle interroge l'arc de l'accoudoir d'une main, s'attarde sur la frise, caresse les détails du piètement. Elle a l'impression que l'assise lui répond en s'assouplissant sous son poids. Sa mère et ses tantes savent certainement tresser un fauteuil Emmanuelle. Peut-être que Jennifer est face à un produit d'artisanat qui a connu la dextérité des femmes de sa famille ? Personne ne le saura puisque la facture d'achat n'indique qu'une succursale du boulevard Raspail, à Paris, en France. *Mister* l'a fait venir par container depuis les entrepôts du Comptoir français de l'Orient. Ce fauteuil Emmanuelle a fait le tour du monde, il a plus de kilomètres au compteur que Jennifer. Elle n'a franchi que la mer de Chine et c'est déjà trop.

Jennifer a envie d'appeler sa mère et de voir ses enfants. Est-ce qu'ils sont sages ? Est-ce qu'ils travaillent bien à l'école ? Cette école qu'elle paye tous les mois en envoyant son salaire quasi intact. Il n'y a pas un jour qui passe sans qu'elle pense fort à eux. Elle a imaginé mille fois la scène des retrouvailles à l'aéroport. Elle appelle leurs prénoms, elle agite les bras, mais ses enfants ne la reconnaissent pas sous le panneau des arrivées. Elle pleure et tourne son visage pour que Jessica ne la voie pas essuyer les coins de ses yeux. Voilà où mène l'ennui, et Jennifer déteste ça. Voilà pourquoi elle ne laisse pas son esprit divaguer. Si elle ne l'occupe pas avec des gestes, avec du concret, il retourne illico là où elle désire être. Si elle commence à faire une place au manque qui cogne dans sa poitrine, elle perdra pied, et l'océan est trop profond à cette distance.

Jessica se lève, éteint le mégot dans la terre de bruyère avant de l'engloutir dans la chasse d'eau des toilettes. Elles partent récupérer l'escabeau, l'aspirateur et les plumeaux dans le cagibi attenant à leur chambre. Montée sur la dernière marche, Jessica balaye les poussières du haut du buffet avec les plumes synthétiques, tandis que Jennifer les aspire au sol avec le robot ménager rugissant.

— TU SAVAIS QUE LE VRAI PRÉNOM DE *MADAM*, C'EST SAM-YUT ?

— COMMENT TU SAIS ?

— ELLE ME L'A DIT HIER SOIR.

— ÇA CHANGE RIEN, IL LES APPELLE TOUTES GEISHA !

— IL AIME BIEN DONNER DES NOMS, CE *MISTER* !

— C'EST CLAIR.
— MOI, JE N'AIME PAS JENNIFER. JE PRÉFÈRE MYRA, LE NOM QUE MES PARENTS ONT CHOISI POUR MOI.
— MYRA, C'EST JOLI.
— MERCI !
— JESSICA, ÇA RESSEMBLE À MON VRAI PRÉNOM, IKA, MAIS EN PLUS LONG.
— IL EST VRAIMENT BIZARRE, CE *MISTER*.

Elles sont prises d'un fou rire. Ika perd l'équilibre, manque de tomber de l'escabeau, glisse dans les bras de Myra, qui laisse le manche de l'aspirateur lui échapper des mains. Elles finissent toutes deux par se rouler au sol. La légèreté de l'instant les soulage un peu de la fatigue des nuits sans sommeil, multipliée par le nombre de kilomètres entre elles et leurs êtres chers. Elles se tiennent les côtes et elles ont mal au ventre tellement elles rient. Myra ne dissimule pas ces larmes-là.

Une fois remises de leurs émotions, elles préparent la chambre pour la nuit. Ika change les draps conjugaux, étale le couvre-lit en lin rehaussé d'un picot et tamise la lumière. Myra s'occupe des salles de bains et des lieux d'aisances, remplit à ras bord les flacons à pompe de savon liquide et renouvelle les serviettes. Dans les dérouleurs, elle plie les dernières feuilles de papier toilette pour former des éventails en origami.

— T'aimerais bien, toi, te marier avec ton patron ?

— Pour que *Mister* me fasse tous les soirs ce qu'il fait à *Madam* ? Jamais !

— Tu te rappelles la fois où tu lui as prêté ton uniforme de travail ?

— J'ai dû le laver trois fois après ça…

— Ils sont vraiment trop bizarres…

Ika et Myra soupirent, mais elles savent qu'elles ne sont pas mal loties avec ce *Mister.* Il les paye en temps et en heure. Le soir, elles prient pour que le soleil se couche sur une autre journée sans histoires. Pourvu qu'elles passent entre les mailles du filet jusqu'au jour où elles pourront rentrer auprès de ceux qui les attendent. Si ça se trouve, elles auront mis assez de côté pour bâtir une maison et, pourquoi pas, un immeuble pavé de renoncements.

Lorsque la liste des choses à faire est tout à fait achevée, Ika et Myra se retirent sur leurs lits superposés. Il ne reste dans l'appartement silencieux que des meubles de designer nettoyés au chiffon en microfibre, des encadrements aux murs, lustrés à la peau de chamois, des piles de beaux livres d'architecture ou de photographie sur la table basse, sans aucune poussière ni trace de vie.

À SEC

Canne sous le bras, mon père descend l'escalier en se tenant à la rampe. Ses tongs en caoutchouc bleu clappent sur le bois poli des marches. Il ne porte jamais de chaussettes, même en hiver. Ça le gratte et ça lui donne des boutons. Les tongs, c'est très pratique à toutes les saisons.

Il traverse la cour commune aux immeubles du 11-13 rue de la Présentation. La loge est entrouverte. Madame Tamélia est au téléphone, la joue collée sur son combiné, cheveux relevés par une grosse pince rouge. On dirait qu'un crabe s'est accroché à son chignon comme si c'était un rocher. À ses pieds, un petit chien grogne et montre les dents. La concierge interrompt sa conversation quand il passe une tête :

— Excuse-moi, ma chérie, je te reprends dans deux secondes, j'ai le monsieur chinois du premier qui veut me parler.

Mon père aperçoit une assiette de toasts croquants au confit d'oignons sur la table, près d'une pile de courrier volumineux.

— Tu veux une petite tartine ? C'est gratuit ! De la part du nouveau locataire du rez-de-chaussée.

— Non, merci.

— J'espère qu'il ne va pas tout de suite déposer le bilan, celui-ci. Les magasins bio, c'est à la mode. Ça va attirer plus de riches dans le quartier.

Elle lui remet un paquet emballé de papier kraft à moitié recouvert de timbres.

— Tiens, voilà pour toi. Y a marqué V-O-N-G, c'est bien ça ?

Ça fait dix-neuf ans que mon père habite à cette adresse et la concierge ne sait toujours pas prononcer son nom. C'est pas sorcier, pourtant. Elle l'épelle, carrément. Elle dit V-O-N-G. Si elle était dans l'armée, elle dirait « VICTOR OSCAR NOVEMBER GOLF. À vous, FOXTROT CHARLIE ». Mon père ne relève plus ce genre de choses, mais moi ça me foutait en rogne.

— C'est de ta fille, je suppose ? Elle pense bien à toi, ta fille. Elle est partie où, déjà ?

— À Hong Kong.

— C'est bien, c'est le futur, ces pays-là. Tu as eu de la chance avec ta fille. Faut dire, vous l'avez bien élevée. Une éducation à la dure ! Vous, les Chinois, c'est bien connu, vous êtes stricts, vos enfants ont des bonnes notes à l'école.

— Euh… merci.

— Tu te souviens de la mienne ? Elles avaient le même âge. Solange a oublié sa vieille mère, jamais elle n'appelle ! Je parle qu'à son répondeur. Le jour où je vais mourir, ça sera dans cette loge et ma fille recevra le faire-part des funérailles par la poste. Faites des gosses, hein, donnez tout, et même pas ils se retournent…

— Oui, merci. Au revoir…

— Tu es sûr que tu veux pas une tartine ?

C'est vrai que mon père était sévère. Il est étonné que la concierge s'en souvienne, il lui semblait qu'elle ne faisait pas attention à la *famille chinoise* du premier, dont elle ne savait pas prononcer le nom. Elle nous adressait principalement la parole pour rouspéter contre le bruit des machines ou les poubelles du Modern' Pressing, qui encombraient le local. Et les autres locataires, dont elle s'occupait mieux, avaient droit au vouvoiement.

En remontant à l'étage, mon père s'arrête à chaque marche, jonglant entre la rampe, sa canne et le colis, qui est plus lourd qu'il n'y paraît. Il a besoin d'une canne pour se déplacer depuis qu'il a été agressé dans la rue de Vaucouleurs deux ans plus tôt. Des jeunes lui ont arraché sa sacoche. Il est tombé à la renverse sur le trottoir et sa hanche est douloureuse désormais. Il a subi une intervention mais, s'il reste debout ou assis trop longtemps, sa prothèse lui fait mal. Quand il s'est rendu au commissariat pour porter plainte, l'officier lui a demandé :

— Racontez-moi comment c'est arrivé. Que faisiez-vous par là ? Attendez, vous n'alliez pas à un banquet, par hasard ? Vous avez connu cette époque où des mariages se sont fait braquer dans le quartier ? Un vrai carnage, les voleurs se sont servis à la source, ils ont pris les bijoux de la mariée et l'argent liquide que les invités avaient donné en cadeau… Après ça, y a eu des manifs de Chinois, on l'a vu à la télé. Mais, si vous voulez *vraiment* la sécurité, faites une liste de mariage classique. Vous pouvez pas offrir de la vaisselle ou des draps, comme tout le monde ? C'est moins dangereux, ils font pas ça chez Chen Market ?

— Euh… je sais pas.

— Ils vous ont volé combien ?

— Des pièces de monnaie et ma carte de fidélité pour la sandwicherie.

Il ouvre le colis sur sa table et en sort des bocaux enveloppés de papier bulle : un bloc qui ressemble à du pâté, un confit d'oignons au piment d'Espelette, que j'ai trouvés dans un supermarché français de Sheung Wan. Je lui ai aussi pris deux T-shirts « I love HK » en taille M et des petites lampes-torches à pile qu'il garde sous le coude en cas de panne électrique. Mon père dépose le contenu au fond d'un carton dans sa cuisine, à côté de ceux des paquets précédents : nids d'hirondelles, champignons *shiitake*, coquilles Saint-Jacques séchées, abalones sous vide et concombres de mer.

Mon père ne mangera pas ces produits de pharmacopée chinoise ni la compote brunâtre au piment inopérant. Mes colis portent plus l'empreinte de la culpabilité que celle de la tendresse. C'est mieux que rien, se dit mon père. C'est mieux que la fille de la concierge, se rassure-t-il. Même s'il la croisait dans le couloir de l'immeuble, il ne saurait la reconnaître. Il n'a pas la mémoire des visages, mais il se souvient des phrases de sa femme. « Tu ne sais pas quand est notre anniversaire de mariage, ça fait combien de temps qu'on est ensemble ? » Mon père n'a pas été un mari parfait, loin de là. Ma mère disait aussi : « En un clin d'œil, notre fille est devenue grande. » Là encore, elle avait raison. Mon père a cligné des yeux et la vie a coulé aussi vite qu'une journée complète devant le téléachat. Qu'est-ce qu'il lui restera quand sa mémoire flanchera, elle aussi ?

Sa femme s'est éteinte et sa fille est rendue au bout du monde. Maintenant, mon père redoute de prendre cet escalier qu'il enjambait autrefois quatre à quatre. Le pressing qu'ils ont tenu dans le local du rez-de-chaussée est devenu tout à tour un restaurant japonais, un opticien, une agence immobilière, et maintenant un magasin bio. Parfois, mon père entend les piétons souffler en passant : « Tiens, c'est nouveau, ça. Qu'est-ce que c'était avant ? Je ne sais plus ! » Les passants filent comme les voitures, sans se souvenir de rien.

De son temps, c'était différent. Mon père n'avait pas besoin d'apostropher les gens comme un démonstrateur de foire. Lui et ma mère pouvaient compter sur le bouche-à-oreille et les clients fidèles du Modern' Pressing. Ils comptaient sur Madame Leybros et ses nappes brodées à repasser avec beaucoup de vapeur pour qu'elles recouvrent ses guéridons. Ils comptaient sur Madame Cabé et ses rideaux doublés qui devenaient si lourds, une fois mouillés, qu'à eux deux ils avaient du mal à les étendre pour les faire sécher. Monsieur Chicoye venait accompagné de son berger allemand qui faisait pipi dans la boutique, malgré la pancarte « Nos amis les chiens ne sont pas admis ». Il déposait ses cravates barbouillées de sauce après des déjeuners d'affaires éclaboussants. Mon père se souvient d'une robe de mariée aux coutures romantiques qui a nécessité beaucoup de soins lors du dernier lavage. Tant d'efforts pour qu'elle finisse sur un cintre au fond d'une armoire. Il revoit défiler sur le convoyeur les effets personnels des clients. Il entend le frottement électrique des housses en plastique bousculées par Sam-Yut qui joue à cache-cache entre les vêtements. Il n'y a rien à dire, pour lui, c'était mieux avant.

De nos jours, personne ne s'embête plus avec des nappes, des rideaux ou des cravates. Ni avec le mariage, d'ailleurs. Les gens achètent des vêtements sur Internet, qu'ils jettent après deux lavages en machine, ils s'essuient la bouche avec des serviettes en papier, ils collent des pellicules anti-regard sur leurs fenêtres. Mais ce n'est pas pour ces raisons que le Modern' Pressing a perdu de sa superbe.

Petite, je n'avais que des questions qui enquiquinaient mon père.

— Et pourquoi on dit *pressing* si on presse rien ? Même pas du jus de carotte !

Il fut un temps, il avait l'espoir d'être ce père qui a réponse à toutes les questions de sa fille. Il aurait pu être un bon mari dans d'autres circonstances. Mais l'exil l'a dépouillé. Il a été arraché à ce qu'il connaissait, à ce qu'il pensait être sa place, celle d'un membre d'une famille de commerçants de Saigon, promis à un avenir tout tracé dans son usine de thé, à surveiller le drainage des sols de la pépinière, la cueillette des feuilles fraîches et le séchage au soleil du printemps. Il avait appris de son père et de son grand-père comment créer des mélanges subtils et savait exactement combien de temps infuser les feuilles dans l'eau frémissante. Au lieu de ça, il est devenu un petit monsieur rabougri qui sépare le blanc des couleurs, amidonne les cols de chemise et s'excuse platement quand la tache n'est pas partie. Il cravache dans l'arrière-boutique du Modern' Pressing en sachant que les dés sont pipés. Sa femme compte les centimes au supermarché et repose des articles dans leur rayon quand les fins de mois sont difficiles. Mais le comble pour lui c'est de ne pas savoir répondre aux questions de sa gamine dans cette langue qui lui échappera toujours.

Aujourd'hui les gens diraient que mon père a manqué de *résilience*, ce mot cache-misère. Tu perds ton pays, ton statut, ta langue ? Tu te bousilles la santé et tu bois trop ? Résilie tout ça et redémarre comme une bagnole rafistolée. Surtout, n'oublie pas de sourire, même quand le client te parle mal. Faudrait pas qu'on croie que tu n'es pas reconnaissant, après tout ce qu'on a fait pour toi.

— Et pourquoi on dit nettoyage *à sec* ? Pourquoi pas nettoyage *mouillé* ?

Je voyais pourtant l'eau mousseuse tourbillonner derrière le gros hublot. Il y avait aussi ce liquide qui imprégnait les tissus, un liquide épais, actif et puissant. Le *perchlo* était livré dans des bidons débarqués d'un camion qui bloquait la rue de la Présentation, portés par des messieurs en costume d'astronautes, combinaison, masque et gants. Il ne payait pas de mine : le perchlo était translucide et se versait d'un côté de la machine pour en ressortir de l'autre sableux, dur de peluches et de saletés, chargé de crasse. Le perchlo faisait tourner le pressing, alors mes parents passaient des commandes de bidons à n'en plus finir, faisaient réviser la grosse machine chaque année et remboursaient les échéances du prêt contracté pour son acquisition.

Ils tenaient leur commerce à bout de bras, ont payé leurs traites sans broncher, pas un jour de retard. Même quand le loyer a fait un bond à la fin de la période triennale. Ma mère plissait sa lèvre quand les appels de loyer tombaient, de la même manière que lorsque je recevais mon bulletin ou me resservais à table. Dès que sa lèvre tremblait, je me rapetissais et priais pour que sa foudre ne me frappe pas.

Une fois, mon père avait mis le haut-parleur pour appeler le propriétaire.

— Mais voyons, mon pauvre ami, les augmentations, c'est partout pareil. La faute aux riches qui viennent s'installer à Belleville. Avant, ils ne voulaient pas entendre parler de ce quartier miteux, maintenant, ils font flamber les prix. Demandez autour de vous si vous ne me croyez pas ! Ça s'appelle la gentrification. Ouvrez un dictionnaire et vous verrez !

Puis, après avoir raccroché, il s'en est pris à ma mère.

— Je te l'avais bien dit, ça ne sert à rien de négocier. Ici, c'est la France, on n'est pas au marché dans ton village de pêcheurs ! De quoi j'ai l'air, moi, maintenant ?

Le propriétaire avait prononcé GEN-TRI-FI-CA-TION d'un ton savant, le même ton que l'instituteur de CM2 quand il dit « Ouvrez un dictionnaire » à ses élèves. Pour le propriétaire, mes parents étaient des enfants à qui donner des leçons. Ça n'a pas plu à mon père, qui est allé noyer ses problèmes insolvables dans son alcool de riz.

Un jour, j'ai enfin compris l'expression *nettoyage à sec.* J'ai compris comment le perchloroéthylène se mélange aux bulles d'eau derrière le hublot, comment ses molécules complexes se dissipent à travers les fibres des vêtements, s'évaporent dans l'air et empoisonnent tout ce qu'il y a autour. J'ai compris pourquoi ma mère était terrassée par ses migraines. Pourquoi l'autocollant « tête de mort » allait devenir obligatoire sur les bidons de perchlo. Pourquoi le produit serait interdit dans les pressings. Pourquoi leur grosse machine tomberait en désuétude, mais pas les remboursements à la banque. Pourquoi mon père s'est retrouvé sans sa femme dans l'appartement de la rue de la Présentation, les paumes brûlées par les produits chimiques et le cœur gros.

La concierge est venue aux funérailles de ma mère. Il y avait aussi sa copine du restaurant Le Nioulaville et des voisines de la rue de la Présentation. Quand on les croisait sur le palier, elles nous snobaient. Le seul moment où elles nous aimaient bien, c'était quand ma mère leur offrait des plateaux de *chả giò* et de 餃子 *gaau zi* pour le nouvel an. Là, elles devenaient subitement bavardes : « Délicieux, ces nems et ces raviolis ! Et formidable, le nouvel an chinois avec les tigres et les dragons. » Elles croyaient que ma mère les faisait *maison*, mais bien sûr que c'étaient des surgelés du supermarché. Où est-ce qu'elle aurait trouvé le temps de les plier ?

Avant que le cercueil ne se referme, j'ai enlacé ma mère. J'ai senti sa peau sur la mienne, froide et flasque. Dans les films, les gens pleurent pour dire adieu. Ils crient, s'effondrent de douleur et empêchent le croque-mort de finir son travail. Mais nous, rien de tout ça. Mon père n'a pas ouvert la bouche et mes yeux sont restés secs.

JOURNAL DE PARIS

archive du 20 juin 2010

Des milliers de manifestants issus de la communauté chinoise ont défilé entre la rue de Belleville et la place du Colonel-Fabien pour dénoncer l'insécurité dont ils sont victimes. Réclamant une meilleure protection policière, les manifestants, environ 8 500 selon les organisateurs, ont scandé les slogans « Sécurité pour tous » ou « Belleville, quartier tranquille » et brandi des pancartes en français et en chinois.

Cette mobilisation fait suite à une série d'agressions violentes, dont un incident survenu au début du mois lors d'un banquet de mariage, où plusieurs convives ont été pris pour cible. Ces actes s'inscrivent dans un contexte de préjugés persistants, alimentés par des stéréotypes qui dépeignent les Asiatiques comme des cibles faciles, en raison d'une prétendue discrétion et de cette fausse croyance qu'ils transportent fréquemment de l'argent liquide.

La manifestation pacifique a été marquée par des tensions en fin de cortège, provoquées par le vol du sac d'une manifestante. L'incident a dégénéré en affrontements entre jeunes, avec des jets de projectiles dirigés contre les gendarmes mobiles et les policiers, qui ont riposté par des tirs de gaz lacrymogènes.

Ce mouvement met en lumière un débat plus large sur la stigmatisation et la visibilité des communautés asiatiques en France. Les revendications appellent à des actions « concertées et coordonnées » entre le préfet de police et les maires des quatre arrondissements qui se partagent le quartier, visant à renforcer les dispositifs de sécurité et de prévention. Cependant, certains observateurs craignent que cette mobilisation ne débouche sur aucune mesure concrète.

C'EST BEAU LA VIE

— Qu'est-ce qui te plairait ? Croisière en yacht dans la baie de Phang Nga ? Skier dans les Alpes japonaises ? Ou tu as une autre envie pour notre week-end en amoureux ?

J'ai choisi le Cambodge, le pays de ma mère. Je n'y suis jamais allée. Parfois, le fait de désirer une chose avec une grande intensité lui fait porter un poids trop lourd. On se met alors à reculer l'échéance, comme si on voulait protéger ce rêve de toute déception possible. On attend l'instant idéal, l'alignement sacré des étoiles : « Pas maintenant, pas comme ça. » Puis on se demande si nos excuses sont bidon. On craint que l'occasion ne se perde pour toujours. Alors, cette fois-ci, je l'ai saisie au vol sans réfléchir.

J'ai réservé les sièges dans l'avion, prépayé l'hébergement, prévenu des restrictions alimentaires, coché la prise en charge depuis l'aéroport. On ne se refait pas. Depuis mon plus jeune âge, j'ai le sens du service. Quand j'accueillais les clients du Modern' Pressing, je notais la liste des vêtements déposés de mon écriture *en attaché* d'enfant appliquée. Je mettais du scotch transparent sur les taches que les clients me signalaient avant de les brosser avec un produit qui pique les yeux. Répondre à tous les niveaux d'exigence, ça s'apprend. « Brave petite qui aide sa maman dans son travail », disaient nos clients. Ma mère et moi en tirions toutes les deux une grande joie. Je croyais alors à l'éternité et que rien ni personne ne pourrait nous séparer.

Ma mère voulait me montrer Angkor Vat en vrai. Pas dans les magazines *Géo* ou les atlas de la bibliothèque. Une fois devant l'entrée, je comprends tout de suite pourquoi. Il faut le voir de ses yeux. Le plus grand monument religieux du monde. DU MONDE. La huitième merveille. Ni les photos ni les drones, aucune technique ne peut lui rendre grâce. Somptueux, grandiose, monumental… les synonymes me manquent tandis que je touche du plat de la main les bas-reliefs chargés de divin, les colonnes gravées de danseuses célestes, les ponts protégés par des serpents à sept têtes.

Je marche en silence le long des galeries et des murs effrités qui racontent les batailles épiques du roi Suryavarman II. Mes pas s'alignent sur les regards figés des statues de Garuda, Shiva, Lakshmi et la cosmologie des lieux sacrés. Même la couche de poussière qui épouse le grès des bâtisses me paraît antique, lestée des secrets les mieux gardés. Quand ma mère le décrivait avec simplicité, dans ma tête, c'était un jardin d'enfants. Je m'imaginais un tourniquet, un bac à sable, au mieux une tyrolienne. Est-ce qu'elle courait ici, glissait le long des pierres polies entre les Apsaras sculptées ? Nicolas a compris sans un mot. Il reste en retrait, me laisse patauger dans la beauté écrasante de chaque détail qui me parle d'elle.

Devant moi, un couple de touristes français distribue des biscuits à des singes.

— Le site est impressionnant, y a rien à dire. M'enfin, c'est plus pratique d'aller au musée Guimet. Ils ont de très belles pièces du temps de l'Indochine et on peut lire les petites plaques collées sur les murs. Et la clim, ça conserve mieux, non ?

La femme porte un débardeur et la peau de ses épaules est écarlate. Elle a fait l'impasse sur la crème solaire. C'est l'équivalent d'un sacrifice aux UV. Demain, son dos pèlera avec plus de vigueur que dans un reportage animalier sur la mue des reptiles. Ça s'appelle le karma.

Après une longue journée, nous arrivons dans notre hôtel tout confort, aux hautes fenêtres et ventilateurs à pales. Le réceptionniste nous attribue la suite André-Malraux. Derrière son comptoir en bois sombre, il rend hommage à l'écrivain qui estimait tant l'art brahmanique et les temples d'Angkor qu'il les a pillés. L'erreur de jeunesse lui a valu de la prison, mais ne l'a pas empêché de devenir ministre, décrochant au passage un contrat d'édition pour encenser son expédition et, peu de temps après, le prix Goncourt.

— Maintenant, il repose au Panthéon, à Paris, termine le réceptionniste, satisfait de la biographie circonstanciée qu'il nous a livrée.

— Euh… vous n'avez pas une autre chambre ? je demande timidement.

— Je suis désolé, l'hôtel est complet, mais faites-moi confiance, la vue est splendide.

La dédicace au grand monsieur ayant un casier judiciaire ne m'emballe pas, mais, affalée sur le lit à baldaquin avec deux femmes qui nous massent de la tête aux pieds avec des huiles essentielles, j'oublie vite ses antécédents. Il m'en faut peu pour mettre ma conscience en sourdine.

À la nuit tombée, Nicolas veut faire un tour dans la ville. Un minivan nous attend devant le perron. Le chauffeur a l'œil vif, prêt à nous emmener jusqu'à la lune.

— *French ? I love France ! Look, look !*

Il tire sur son T-shirt de façon à exhiber un message imprimé sur son torse, « La vie est beau ». Fini le temps où la langue de Molière était garante de diplomatie et d'érudition, aujourd'hui, son usage est divertissant, et son orthographe, aléatoire. Surtout quand il s'agit de mugs, casquettes et T-shirts à message. Nicolas prend un selfie avec le chauffeur, bras dessus bras dessous, avant de l'envoyer à tous ses contacts avec un émoji moqueur.

— *My girlfriend, she is Cambodian too !* précise Nicolas.

— *Oh really ?* s'étonne le chauffeur, puis, s'adressant à moi : *Speak khmer ?*

— *Only Chinese,* je réponds, un peu honteuse.

— *I see. Chinese Khmer.*

Dans le camp de travail où ma mère avait été envoyée sous le régime de Pol Pot, près de la frontière vietnamienne, les Chinois cambodgiens étaient d'emblée perçus comme des « ennemis du peuple ». Au départ, ma mère ne pouvait comprendre cette hostilité, car elle était née dans ce pays, et ses parents aussi. Puisque les Khmers rouges cherchaient à annihiler toute identité autre que celle du Parti – l'Angkar –, le chef de son camp avait pris pour cible les Chinois, avec leurs langues et leurs traditions, même s'ils étaient aussi cambodgiens depuis des générations. Après l'arrivée au pouvoir du régime, temples, écoles et commerces appartenant aux Sino-Khmers ont été détruits ou réquisitionnés, car les Chinois du Cambodge avaient endossé le rôle traditionnel de commerçants, activité associée aux diasporas chinoises en Asie du Sud-Est. Dans l'idéologie mortifère des Khmers rouges, l'argent était vu comme un symbole de la corruption capitaliste, et ceux qui le maniaient ou en faisaient commerce étaient considérés comme des éléments déviants. Comme beaucoup de Cambodgiens, d'origines chinoises ou non, ma mère a effectué des tâches dégradantes et épuisantes, défriché des champs sous une chaleur implacable, collecté des fientes pour fertiliser les cultures. Un mot de trop, une plainte, un regard mal interprété pouvaient la faire disparaître comme tant d'autres. Si Nicolas ne le lui avait pas révélé, Monsieur Beau aurait-il décelé le sang chinois qui coule en moi ?

Il manœuvre le minivan avec souplesse sur l'avenue Preah Sihanouk. Il fait vrombir son moteur à côté des tuk-tuks et des scooters. Il a la peau brune et des cheveux épais. Je ne saurais dire son âge, il pourrait être mon père ou mon frère. Monsieur Beau nous dépose sur une promenade animée qui borde la rivière Siem Reap. Il a comme un sixième sens du tourisme international pour deviner nos envies et anticiper nos déplacements. Il commente les bibelots du marché nocturne et nous commande des brochettes de viande, de calamars, une salade de papaye. Plus loin, des touristes ont les pieds plongés dans des aquariums. Monsieur Beau explique : « Ils se font faire une pédicure par des poissons-docteurs qui grignotent les peaux mortes. » Ce sont les mêmes stands, le même bric-à-brac de souvenirs qu'à Bali, Hanoï ou Singapour. J'achète une carte postale « Angkor vu du ciel » que j'enverrai à mon père. Nicolas veut boire un jus de coco. Monsieur Beau s'empresse de l'aider, mais Nicolas tient à négocier par lui-même.

— Ce vendeur m'a pris pour un con, on a payé moins cher hier !

Tandis que Nicolas va de stand en stand marchander sa noix de coco, Monsieur Beau s'approche, résolu à engager une discussion. Mais sa voix s'est refroidie et le slogan « La vie est beau » sur son buste s'est affaissé. Son sens aigu du tourisme international ne s'applique pas tout à fait à moi.

— *You work for him ?*

— *No.*

— *Boyfriend ?*

— *Yes.*

— *Same, same. You beautiful, him rich. Perfect match.*

Il me fait un clin d'œil complice qui m'agace. À ses yeux, travail ou amour, c'est du pareil au même. Il connaît plein de femmes dans cette branche, il y en a à tous les coins de rue. Elles accueillent les étrangers, elles sont chaleureuses. Elles rient si tu plaisantes, elles te consolent si tu es triste, elles te cajolent si tu es coquin, et font même la popote si tu as faim. Elles facilitent la vie des étrangers, elles sont faciles et savent se rendre indispensables. Comme Monsieur Beau, elles font partie des nombreux visages du tourisme international.

— *How long you together ?*

— *Not long.*

— *Marriage ?*

— *I don't know.*

— *Quick. Don't wait.*

Il s'allume une clope et m'en propose une. Je refuse poliment mais, au fond, j'ai envie de lui foutre son paquet dans la gueule. Monsieur Beau croit me connaître, mais il ne sait rien de moi. J'ai maintenant la rage qui monte. J'ai envie de crier qu'il se trompe. Les gens disent qu'on est un *couple mixte*, mais c'est faux. On a grandi avec les mêmes tubes de l'été, les mêmes gagnants de *Loft Story*, la même liste des départements à réciter. On connaît les jingles des marques de petit déjeuner et les génériques de dessins animés. On a les mêmes réfs. Juste pas la même tête.

Mais je suis interrompue par Nicolas, qui revient, tout fier, paille dans la bouche et noix de coco à un dollar dans la main.

— J'aime pas être un pigeon, c'est une question de principe.

Monsieur Beau nous emmène dans un bar, l'Apsara Paradise, logé dans une maison en bois surélevée et cerclée de palmiers. Autour de nous, des jeunes gens sentent l'after-shave et des brumes en spray irrésistibles. Les baffles chantent la douce mélodie de *Don't Worry, Be Happy*. Quoi qu'il advienne, le DJ le jouera au moins une fois par heure. C'est l'hymne de l'Apsara Paradise. Il faut garder les clients heureux à tout prix.

Le serveur nous installe à une table et apporte une bouteille dans un seau de glace. Plutôt mourir que d'aller danser. Je ne sais pas si c'est la fatigue de la journée ou la faute du chauffeur, mais je me sens subitement vidée de toute énergie.

— Vas-y, toi, si ça te fait plaisir.

— Tu es sûre, ça te dérange pas ?

Nicolas s'élance sur la piste au beau milieu d'une foule joyeuse, dans une chorégraphie désarticulée où personne n'a le sens du tempo. Près des platines, je le vois très vite flanqué de deux inconnues en robe courte et décolletée. Autrefois, en Indochine, on appelait *congaïs* ces compagnes éphémères de soldats et colons. C'est devenu un verbe de la langue française tant la pratique était courante. *S'encongayer (verbe transitif) : je m'encongaye, tu t'encongayes, ils s'encongayent.* Ces filles de bar sont de mèche avec le DJ. Un regard et, hop, il lance un slow mielleux pour qu'elles resserrent leur étreinte. Le gagne-pain de l'Apsara Paradise est la bonne humeur des nuits endiablées.

Quand Nicolas revient à la table, ses yeux luisent d'excitation. Les deux femmes le suivent de près.

— Sam, je te présente deux copines. *What is your name, girls ?* Écoute, j'ai une idée…

La brise chaude de la nuit alourdit le poids de la sueur sur ma peau. J'ai entendu parler de ces couples qui pimentent leur routine par des rencontres dans des boîtes de nuit ou des saunas. Je ne savais pas quoi en penser, mais je sens qu'il va falloir que je me décide rapidement, entre le moment où il règle l'addition et celui où on monte dans le minivan, qui nous attend au bout de la rue en warnings.

À cet instant, je regrette sincèrement de ne pas avoir fait ce voyage avec ma mère. On serait allées à la plage acheter des sachets de crabes de Kep frits à des vieilles au visage fripé qui marchent avec leur panier coloré posé sur la tête. J'aurais visité le Cambodge comme une Cambodgienne qui rentre au bercail. Mais à ma descente d'avion l'officier de l'immigration ne m'a pas proposé le visa K délivré aux ressortissants étrangers faisant la preuve de leurs racines khmères. Comment aurait-il pu le deviner ? Ma mère est née dans ce pays, mais n'est jamais revenue.

Si ma mère n'était pas partie de son village, les sons hachés de la langue khmère me seraient familiers. Bébé, j'aurais siesté à l'ombre des arbres aux branches basses et aux feuilles nervurées qui bordent les routes. Je n'aurais pas porté de couches mais l'un de ces pantalons fendus à l'entrejambe. Je connaîtrais le prénom des vendeuses de rue, peut-être que je vendrais moi-même des fruits coupés ou des bracelets torsadés. Je dirais les *Occidentaux* pour parler des Blancs, sans me demander si je me compte ou pas dedans. Si ma mère était encore là, je lui aurais demandé si elle préférait la fraîcheur de l'Atlantique ou la douceur de la baie de Kampong Saom. Est-ce qu'elle connaissait le verbe *s'encongayer* ? Mais ma mère est partie il y a bien longtemps et je ne serai jamais une enfant de ce pays. Si sa mort a mis fin à mes liens avec cette terre, que reste-t-il de cambodgien en moi ?

Monsieur Beau a poussé le volume de la musique au maximum pendant qu'il nous conduit à l'hôtel. La radio joue *The Rhythm of the Night,* un hymne d'eurodance aux notes de synthé, qui fait bouger les copines de Nicolas sur la banquette arrière. À un feu, j'imagine ouvrir la portière, sortir de la voiture et traverser la route, klaxonnée par les tuk-tuks et les véhicules qui pilent les uns sur les autres. Mais finalement je ne bouge pas du siège passager, d'où je les regarde tous les trois s'esclaffer.

— *YOU LIKE CHAMPAGNE ?*

— *YES !*

— *WE ORDER ROOM SERVICE, AND YOU ?*

— *I LOVE CHAMPAGNE VERY MUCH !*

Il se tourne vers moi et, devant mon visage fermé :

— Laisse-toi aller, tu vas voir… la fête ne fait que commencer ! plaide-t-il, rayonnant.

Mon silence est un abandon. Les paysages défilent par la vitre, les points lumineux de buildings tout juste sortis de terre vacillent avec la vitesse. J'entends les palpitations de mon cœur défait et je suis submergée par le regard triomphant de Monsieur Beau dans le rétro, le même regard que celui du réceptionniste du palace derrière son comptoir, des masseuses qui trimballent leur bassine d'huiles essentielles, des chauffeurs de tuk-tuk imprégnés de gasoil, le visage émacié par une myriade d'allers-retours pour une poignée de dollars par jour. Ils hurlent dans mes oreilles : « Tu vois, nous sommes tous collègues. »

LE PEAK

Le doute a pris possession de moi, comme le funiculaire monte le Peak, par tronçons et à-coups. Là où le wagon prend une pente abrupte vers les hauteurs de la ville, je me colle contre la vitre ouverte. Je sens le souffle du vent dans la nuit sans étoiles. Les branches frottent contre le châssis métallique. On la croit faite de centres d'affaires, mais Hong Kong est composée en grande partie de collines vertes, du vert impénétrable des arbres aux orchidées, des camphriers et de ces espèces endémiques à la sève épaisse.

La demeure est en pierre blanche, haute de deux étages, remplie de femmes en tenue festive et d'hommes qui nouent un pull en maille autour de leur cou. Je traverse un hall puis une salle de réception ouvrant sur une terrasse avec piscine. Dans un coin, une chanteuse reprend des classiques de jazz sur un piano à queue. L'intérieur de la maison ressemble en tous points à l'appartement de Nicolas, et probablement à ceux des autres Français de Hong Kong logés du côté de Repulse Bay ou Stanley. Des meubles de designer, des œuvres encadrées aux murs, des piles de beaux livres, des bougies parfumées du boulevard Saint-Germain, dont la mèche est encore intacte. Un serveur m'aguiche avec son plateau. Je saisis un verre au vol. Blanc sur rouge ou rouge sur blanc, cette soirée va se finir en mal de tête, je le sens.

— Sam, te voilà ! Tu es belle, comme toujours, me dit Aurélia en me tendant les bras.

Je me faufile derrière la maîtresse de maison entre de petits groupes. Les conversations tournent autour des bars à la mode, des spas d'hôtel les plus incroyables ou de la meilleure manière de trouver du bon personnel de maison.

Même en privé, la beauté d'Aurélia est désarmante. Son sourcil est dessiné, sa peau est saine et hâlée, ses vêtements ne sont pas tape-à-l'œil, juste bien coupés. Il n'y a rien à faire, elle est *so French,* avec ce petit bonus qui ne s'achète pas dans les *malls.* J'aperçois ses deux enfants scolarisés au Lycée français et son mari diplomate, qui a couru son dernier marathon en moins de trois heures. Dans l'open space, Aurélia parle sans arrêt de son homme qui rapporte des croissants chauds le dimanche matin, et Dieu sait que trouver des bons croissants à Hong Kong est un chemin de croix. Je me surprends à espérer : si je fais des bonnes actions dans cette vie, pourrai-je me réincarner en Aurélia dans la prochaine ?

Quand elle se tourne vers moi pour me présenter à ses convives, je reviens brusquement à la réalité.

— Vous connaissez Sam ? Nicolas est fou d'elle !

Je reste un instant interdite, ce qu'Aurélia remarque.

— J'ai dit une bêtise ? C'est pas un secret, tout de même ! Un bel amour comme le vôtre, qui traverse les frontières, faut le vivre au grand jour !

Mon petit doigt me dit que par « traverser les frontières », Aurélia n'a pas en tête les vols Air France qu'on a pris, chacun, au départ de Roissy-Charles-de-Gaulle. J'aurais préféré qu'elle me fasse valoir en tant qu'employée du mois, qu'elle vante mes compétences professionnelles ou le projet Blanche Neige, qui sera bientôt bouclé avant la *deadline.* Ça aurait été plus sympa, comme entrée en matière, non ? Je prends un autre verre, qui me monte tout de suite au cerveau, et rapidement je n'entends plus les bavardages autour de moi, je me contente de sourire.

En parlant de boulot, je crois reconnaître ma collègue Gigi, cachée derrière une grande plante en pot. Ce n'est pourtant pas son genre de venir aux soirées. Je m'approche en catimini. Coupe soignée, tailleur même en off, pas d'erreur, c'est bien elle.

— Ça va ? Je ne m'attendais pas à te voir ici…

— M'en parle pas, Aurélia ne m'a pas laissé le choix, mais je sens que je vais le regretter. Dès que le temps réglementaire est écoulé, je me sauve, soupire-t-elle en regardant l'heure sur son téléphone.

— C'est combien, le minimum syndical ? je demande, curieuse de connaître l'étiquette.

— Continue à l'occuper comme tu le fais, et je m'éclipse bientôt par la porte de service, sourit Gigi.

Elle a un beau sourire, avec des dents qui se chevauchent. Nos relations ont été purement cordiales, mais j'aimerais la connaître mieux. Elle est excellente dans son job, toujours concentrée, presque trop pour que j'ose la déranger. Je sais par les autres que Gigi est hongkongaise de naissance, diplômée de HKU, major de promo. Rien que ça. Il y a quelque chose chez elle qui m'attire. Sa droiture tranquille et sa manière de ne pas se laisser distraire, sans doute.

— Tu as fait des progrès en cantonais, me dit-elle après un petit silence.

— Merci, je prends des cours en ligne après le boulot, je lui réponds, flattée qu'elle l'ait remarqué.

— C'est bien, tu n'es pas comme ceux qui vivent depuis dix, vingt ans à Hong Kong et qui restent dans leur bulle d'expatriés.

— En fait, mes parents se sont connus à Hong Kong, donc techniquement je suis hongkongaise de conception…

Dehors, près de la piscine, Nicolas me fait un signe et je m'excuse auprès de Gigi pour le rejoindre. Il m'embrasse, et on danse sur une musique entraînante. Cela peut sembler bête aujourd'hui, mais j'ai aimé danser avec lui sur cette terrasse. Je me souviens de ce moment insouciant, avant que l'incendie me consume. Avant qu'un homme s'incruste entre nous, visiblement éméché.

— Hé, Nico, mon champion ! C'est bon de te revoir.

— Ça fait un bail, comment va la vie en ce moment ?

— Pas aussi bien que toi, à ce que je vois…

— Je te présente Sam…

— *Qué calor !* Tu sais, ma belle, que tu es tout à fait son *genre* !

Des rires gras ont fusé et je n'ai pas tout de suite compris de quel genre on parlait. Nigaude que je suis. Qu'est-ce qu'un *genre,* après tout ? Est-ce que Nicolas préfère les brunes aux fesses plates ou les introverties en cours de recalibrage ? Sur le coup, je n'ai pas réagi. Pour être honnête, je ne savais pas quoi penser. Mais c'est à partir de là que le doute ne m'a plus lâchée.

— Nico, mon cochon, c'est quoi, ton secret ? Comment tu fais pour toujours te taper des femmes sublimes ? Allez, sois sympa ! Je suis un vieux copain…

L'homme me regarde de haut en bas et me demande :

— T'aurais pas une sœur ou une cousine à me présenter ? Une geisha qui aime Hello Kitty ?

Je reste bouche bée alors que l'homme se tourne vers une autre connaissance, qu'il hèle comme un taxi au bord d'une route. Je suis sonnée par la scène qui vient de se dérouler. Mes poings se sont serrés sans que je m'en rende compte. J'ai subitement le feu aux joues. Je suis incapable d'expliquer à Nicolas ce qui m'a le plus gênée, que ce grossier personnage me postillonne dessus ou qu'il parle de moi comme d'une marchandise mise aux enchères.

— Faut pas lui en vouloir, il a trop bu ce soir, mais c'est pas un mauvais bougre. Il est en plein divorce, alors c'est compliqué…

Les paroles de l'un et de l'autre bourdonnent dans mon crâne, m'empêchant d'entendre la suite. Il me faut les faire taire, il faut absolument qu'elles arrêtent de me taper sur le système. Mes ongles s'enfoncent dans mes paumes sans que je les sente. Je tourne les talons et mets un pied devant l'autre, marchant vers les reflets bleutés de la piscine sous les projecteurs de la terrasse. Quand mes semelles frôlent la partie striée de la pierre, je me déchausse. Je fais glisser mes bretelles le long de mon buste. Ma robe tombe sur mes chevilles, dévoilant mes sous-vêtements. Je prends une grande inspiration sur le bord du bassin.

— Vas-y ! Plonge ! crie Aurélia, tapant des mains, à l'autre bout.

Je pense aux touristes qui meurent dans ce genre de piscines, oblitérés par l'ivresse et le ressentiment. Il y en a tout le temps. Leur disparition est relatée dans les faits divers des journaux du lendemain, trois lignes à peine mais toujours sensationnelles, histoire de dissuader les autres de succomber à la débauche.

Ma tête entre la première. Je coule, membres tendus vers le fond. Les bulles remontent le long de mon visage. Le chlore me pique les yeux. Je retiens ma respiration, exécute mes mouvements de bras et donne des coups de pied de toutes mes forces. Mon cou s'allonge. Mon ventre glisse le long des carreaux émaillés comme un poisson des abysses. Mes poumons se vident de la dernière molécule d'air. Au-delà de mon bras en extension, je vois le mur se rapprocher. Après l'avoir touché du bout des doigts, je remonte vers la ligne d'eau. L'oxygène s'engouffre alors dans mes poumons, je sens ma poitrine se soulever pour avaler l'air nouveau.

Quand je me hisse hors de l'eau, mes yeux sont rougis aux coins et mon mascara a coulé. Je ramasse mes affaires et sors de la maison pieds nus, barbouillant de mes empreintes humides le sol, qui sèche aussitôt.

FRANÇAIS DU MONDE, LE QUOTIDIEN DES EXPATRIÉS

archive du 13 juillet 2007

Une soirée festive dans une luxueuse villa de Repulse Bay a tourné au drame dans la nuit de samedi à dimanche. Une jeune femme originaire de Tarbes a été retrouvée morte noyée dans la piscine de la propriété. Selon les premiers éléments de l'enquête, la victime aurait consommé une importante quantité d'alcool avant de sombrer dans l'eau, sans que personne s'en aperçoive.

La soirée a attiré une cinquantaine de convives et s'est poursuivie jusque tard dans la nuit, provoquant la colère des voisins. Ces derniers ont alerté les autorités pour nuisances sonores. Les forces de l'ordre, intervenues pour calmer la situation, ont alors découvert le corps de la jeune femme inanimée.

Cet événement tragique relance le débat sur les dangers de la consommation excessive d'alcool, en particulier parmi les jeunes en voyage. Alors que des millions de touristes sont attirés chaque année par Hong Kong et ses pays voisins du Sud-Est asiatique, ces destinations prisées sont de plus en plus marquées par les comportements irresponsables de certains visiteurs.

1842

Du haut du Peak, la vue est inégalable. L'estuaire s'étire vers Macao d'un côté, Humen de l'autre. On devine Lamma Island plus loin, et à l'opposé s'esquissent les profondeurs de Sai Kung. Dans la lumière de l'aurore, il me semble découvrir le Peak d'un œil neuf. Ce n'est plus la carte postale d'une attraction touristique à cocher sur une liste. Est-ce la clarté crue de l'aube sans maquillage, douce et déterminée, qui glisse sur les tours et m'éclaire de l'intérieur ?

L'air tiède sent le métal, la mer et le béton craqué, un souffle retenu toute la nuit qui s'échappe irrévocablement. Au loin, le bruit des klaxons, le ronronnement des bus qui reprennent du service, l'éveil des travailleurs et des voix enfouies. Dans cette suspension fragile, un voile se lève aussi dans les replis de mon âme. Une évidence longtemps inaudible qui me remplit tout entière. Ce que j'ai soigneusement camouflé, repassé et parfumé pendant des années remonte à la surface, brûlant toutes mes certitudes sur son passage. Ignorer tout cela n'a rien apaisé, au contraire. Je suis émue par l'écho que cette ville-monde a trouvé en moi. Ses éclats rutilants, ses ombres déchirées, le crépitement des possibles et la rudesse du passé qui la dévorent. On dirait que Hong Kong me chuchote qu'il n'y a rien à effacer. Il faut au moins les regarder en face et prendre le temps de les entendre pour que mes plaies béantes se referment.

Je lis un panneau d'information. Victoria Peak s'étend sur six kilomètres de distance et cinq cent cinquante-deux mètres d'altitude. À Paris, je lisais les plaques sur les trottoirs pour ma mère. À cent vingt-huit mètres d'altitude, le cimetière de Belleville est le point culminant de l'Est parisien. Ma mère ne lisait aucun livre, mais elle tenait à ce que je lise à haute voix les plaques de rue comme si mon avenir en dépendait.

En chinois, la colline s'appelle 太平山, « la montagne de la paix ». Quelle ironie, puisque les Britanniques l'ont baptisée d'après Victoria, la grande reine de la révolution industrielle et de la conquête impériale, celle par qui la guerre est venue. D'après elle ont aussi été renommés Victoria Harbour, Victoria Park… et Victoria Prison. Donner son nom à une prison, faut m'expliquer le délire !

Autrefois, la vue panoramique était réservée aux colons. Pire, avant la construction du funiculaire, le Peak n'était accessible qu'en pousse-pousse. Tu te rends compte ? Des hommes portaient les casques blancs à la force des bras jusqu'à leur baraque. Des hommes dégoulinant de sueur à la peau calcinée couraient à toutes jambes pour faire du vent sur le visage du maître. *Six kilomètres de distance sur cinq cent cinquante-deux mètres d'altitude.* Je ne sais pas si tu comprends vraiment, alors je vais le répéter. Parce que, moi non plus, je ne comprenais pas, au début. À l'école, j'ai colorié les frontières sur des cartes, j'ai tracé les routes des explorateurs et des généraux glorieux qui ont conquis et soumis des peuples. J'apprenais mes leçons, mais je ne comprenais pas *vraiment.*

Ça veut dire quoi, en vrai, la conquête et la soumission ? Ça veut dire quoi avaler *six kilomètres de distance et cinq cent cinquante-deux mètres d'altitude* en pousse-pousse ? Moi, j'ai le souffle coupé rien qu'en montant les escaliers du métro. Les hommes courbés à l'avant des rickshaws, eux, n'avaient pas le luxe de prendre l'escalator. Voilà ce que ça veut dire. Ces hommes qui tiraient les maîtres ressemblaient à mon père. Dans cette histoire dispensée par les professeurs, je suis du mauvais côté du pousse-pousse.

L'année 1842 marque Hong Kong au fer rouge. Le 29 août, la première guerre de l'Opium est perdue par la Chine, contrainte d'abandonner le port tant convoité aux Britanniques.

L'histoire prend toute sa place. J'espère que ça ne t'ennuie pas… ? Car, sans contexte, on ne peut pas comprendre. À l'école, j'étais nulle en histoire. J'avais, comme les professeurs l'écrivaient en toutes lettres sur mes bulletins, des *faiblesses* dans cette matière. Pourtant, apprendre par cœur n'est pas un problème. Je connais mes dates comme les dialogues des séries télévisées de ma mère. *Bataille de Marignan 1515. Charles Martel repousse les Arabes à Poitiers en 732.* Je les récite comme des poésies. Mais j'ignore toujours où se trouve Marignan et pourquoi la défaite de l'armée musulmane figure en bonne position dans nos manuels scolaires. À l'heure des contrôles, mes notes sont déplorables. Comme si les faits sortaient de ma bouche sans toucher mon cerveau. Comme si, dans ma tête, les pointillés ne se reliaient pas pour former LA grande image. Les leçons sont rangées à la queue leu leu sans que je sache lire entre les lignes.

Chez moi, la politique est un gros mot. On n'en parle pas, on fait comme si le monde de dehors ne pouvait pas nous atteindre. Mes parents ont fui leur pays en guerre. Alors parler de politique, c'est risquer la mort. L'histoire, pour moi, c'est la feuille blanche. Mes parents ont tourné une page à leur arrivée en France, ils ont fait table rase de leur passé. J'ai grandi avec ce trou. En classe, devant les graphiques et les extraits reproduits sur des polycopiés de mauvaise qualité, je ne saisis pas l'enjeu, je ne dresse pas de parallèles, je ne vois pas ce que les autres voient. Ce sous-texte tissé de principes et de valeurs implicites qui leur saute aux yeux. De toute façon, les guerres qui ont terrassé mes ancêtres n'existent pas dans les livres scolaires. Au chapitre Indochine, on n'entend que les petits choristes de la kermesse, qui chantent à tue-tête *J'ai demandé à la lune.* Alors je me crois irrattrapable, mais l'histoire nous rattrape toujours d'une manière ou d'une autre.

Le port naturel de Hong Kong était habité par des clans d'agriculteurs et de pêcheurs, visité par les pirates redoutables des côtes de la mer de Chine entre deux prises. Avant que les Occidentaux ne lorgnent la région, cette échancrure du littoral vivait protégée des cyclones tropicaux grâce à sa chaîne de montagnes, loin des édits de l'empereur et de la Cité interdite. Les coups de canon et les subterfuges ont transformé ce havre rebelle en la ville la plus chère du monde, selon les derniers classements *Forbes*.

L'engouement pour la Chine ne date pas d'hier. Les Européens sont obsédés par le faste impérial de la dynastie mandchoue depuis que le best-seller de Marco Polo a inspiré les assoiffés de pouvoir. Tu peux considérer Marco comme un *influenceur* international avant l'heure, un *digital nomad* pré-Internet, le mentor de Christophe et de Vasco. Il fait fantasmer les rois et leur cour, mordus de *goût chinois*. Va voir au château de Versailles, au Louvre ou au British Museum. Chacun a son aile orientale gavée de meubles laqués, porcelaines et éventails pliés.

Les rois envoient des navires intrépides sillonner les océans et graisser la patte des mandarins dans l'espoir de pénétrer les trésors de l'Empire du milieu. Mais les marins reviennent penauds. Les puissances du Vieux Continent se prennent des vents monumentaux et ça les rend dingues. Quoi ? Les empereurs Qing ne veulent pas des babioles qu'apportent nos bateaux ? Les marchands sont refoulés aux portes de Canton, derrière les murailles. Comment la Chine ose-t-elle se refuser à nous ! Ne sommes-nous pas supérieurs en technologie et en civilisation ? Nous ne pouvons accepter cet affront, il faut agir. Et puisque la diplomatie ne fonctionne pas, puisque l'offre ne rencontre pas de demande, il faut forcer les portes. La faille, c'est l'opium, et la Couronne l'exploite sans vergogne.

Bien sûr, la Chine fumait déjà l'opium avant l'arrivée des Occidentaux. Elle a créé la pipe pour consommer la *liqueur de fumée* et les classes aisées s'en délectent. D'une plante médicinale aux fleurs blanchâtres à l'aspect froissé, les Chinois font un usage aphrodisiaque et récréatif. Mais les Britanniques poussent le vice au *level* supérieur et déversent l'opium sur toutes les couches de la population. Pour cela, ils font cultiver le pavot somnifère en Inde, dans leur colonie phare. Et là, on ne parle pas d'un potager clandestin. On parle de l'empire le plus puissant de cette époque et de la première multinationale du monde, la Compagnie des Indes orientales, qui met la pression sur les fermiers du Bengale pour développer la production d'opium à échelle industrielle.

Les Anglais se frottent les mains quand ils chargent la pâte noire sur des voiliers en partance de Bombay ou Calcutta vers l'île de Lintin, située stratégiquement entre Canton, Macao et Hong Kong. Là, ils débarquent les cargaisons illégales sur des entrepôts flottants pour contourner la législation chinoise, et des contrebandiers assurent la logistique du dernier kilomètre jusqu'aux fumeries. C'est le pactole à tous les niveaux. Les trafiquants se font des couilles en or. Je crois que c'est l'expression consacrée. Un *crossover* de *Breaking Bad* et *House of Cards* dans l'esprit *Pékin Express*. Résultat, l'Empire du milieu est affaibli par cette consommation galopante. Les Chinois s'empoisonnent, les familles se délitent. Le Fils du Ciel perd de son autorité chaque fois que son administration ferme les yeux sur sa décadence. Elle est belle, la mission civilisatrice.

Quand je pense que le visage de ma mère devenait cramoisi quand des jeunes fumaient du cannabis sous le porche de l'immeuble. Dès qu'elle les repérait, assis sur le muret en briques à se refiler leur joint, son visage se figeait comme si nous risquions nos vies face aux pires voyous. Elle claquait les fenêtres de l'appartement pour que l'odeur de la résine du Maroc ou de la skunk de Maastricht ne souille pas notre atmosphère et elle allumait de l'encens frénétiquement pour endiguer le mal.

Si j'avais su, j'aurais dit à ma mère de ne pas se mettre dans cet état pour du mauvais shit coupé à la paraffine ou pour des têtes de beuh aspergées de THC. Je lui aurais conté l'histoire de William Jardine et James Matheson. La drogue leur a ouvert bien des portes, à eux. Des Écossais, l'un d'une famille de fermiers du Sud, l'autre d'une lignée noble des Highlands. Ensemble, ils ont été le cerveau du trafic d'opium et ont mis la Chine à genoux par deux fois.

Un jour, ils en ont marre de jeter l'ancre de leurs bateaux au large de Canton, ils veulent des hangars en dur sur la terre ferme. Ils veulent avoir pignon sur rue. Alors ils demandent à l'armée d'envoyer des cuirassés. C'est aussi simple que ça. Une guerre pour une plante à billets, tu te rends compte ? La capsule du pavot scarifiée saigne ce liquide laiteux et visqueux qui, une fois collecté, concentré et séché, devient la pâte noire sombre et épaisse de l'opium.

L'Angleterre déclare la guerre à la Chine pour qu'elle comprenne les bienfaits du libre-échange. Bah voyons. C'est un carnage qui se solde par la concession de Hong Kong à perpétuité. Jardine et Matheson sont élus députés de la Couronne et portent des titres honorifiques. Tout va bien pour eux dans le meilleur des mondes. Il y a une colline nommée 渣甸山, Jardine's Lookout, « la tour de guet de Jardine », d'où il voyait ses navires entrer. Tu comprends, Maman, la drogue est un tremplin. Leur entreprise fondée sur un commerce immoral est toujours sur pied et emploie des centaines de milliers de personnes. Il y a ce palace cinq étoiles à Central qui donne sur la Baie de Hong Kong. Le Mandarin Oriental, ça te parle ? Oui, c'est une chaîne présente dans les grandes capitales. Il y en a un à Paris, rue Saint-Honoré. Eh bien, c'est l'argent de l'opium. Comme quoi, l'histoire nous rattrape toujours d'une manière ou d'une autre.

Dès 1842, Hong Kong endosse le rôle de Perle de l'Orient et, s'étirant d'est en ouest, l'Empire britannique connaît son apogée. En cantonais, 鬼佬 *gweilo* veut dire *diables étrangers,* parce que les Traités inégaux ont enseigné que les canons des cuirassés, le trafic d'opium et les couteaux dans le dos ne peuvent être l'œuvre que d'esprits malfaisants.

FIÈVRE JAUNE

Le lundi, au bureau, je trouve une enveloppe cachetée, sans inscription, posée sur mon clavier d'ordinateur. À l'intérieur, sur un morceau de papier est gribouillée l'URL d'un site Internet. Rien d'autre. Qu'est-ce que ça veut dire ? Je tape l'adresse dans le navigateur de mon téléphone. J'arrive sur un forum de discussion avec des dizaines et des dizaines de lignes de texte sous la forme la plus rudimentaire, une succession de phrases en police sans sérif interligne simple.

Je dois créer un compte pour accéder aux fils de discussion, mais l'écran trop étroit de mon téléphone m'empêche de valider tous les champs du formulaire. Tout à coup, pendant que je suis occupée à compléter mes informations, un bruit dans mon dos me fait sursauter.

— Tu es prête pour la réunion ? m'interpelle Gigi, surgissant de nulle part.

— Euh oui, bien sûr…

Je glisse mon téléphone dans un tiroir à la hâte, attrape un calepin, un stylo, et talonne Gigi d'un air coupable vers la salle de conférences. La matinée s'écoule sans que je puisse penser à autre chose qu'au message anonyme. À l'heure du déjeuner, le suspense est à son comble. Je décide de me rendre au Country Club, pas pour la salle de sport mais pour une salle informatique. Là, au moins, je serai tranquille pour savoir qui m'a envoyé ce mystérieux message et pourquoi.

Dans la rue, l'air frémit de cette transe particulière aux journées chaudes, au-dessus des normales saisonnières. Mon application météo affirme que le « ressenti est supérieur à la température réelle en raison de l'humidité ». Au bout de quelques pas, mon cuir chevelu est trempé, mon nez scintille, le creux de mes aisselles est collant. Je suis en manque de clim. La clim du bureau. La clim du Country Club, qui évacue la moiteur comme ces sèche-mains verticaux aspirent les gouttes en moins de dix secondes. La clim qui ventile du cool d'un côté et suinte des liquides refroidissants de l'autre, et rend les pluies plus acides et les températures plus anormales, saison après saison.

À l'entrée du Country Club, je présente ma carte de membre. Il faut montrer patte blanche pour être admise dans ce cercle exclusif. À l'origine, les *gentlemen's clubs* sont un étendard de flegme et d'art de vivre à l'anglaise. Les colons s'y retrouvaient pour se rencarder sur la mafia, les complots nationalistes et le cours des denrées en Bourse. Mais c'est fini, ce temps-là, les hommes viennent désormais en polo déboutonné, les femmes exhibent leurs sacs à main griffés et leurs enfants courent partout, pourchassés par les *helpers.* Il n'est plus question de scotch ambré ou de délits d'initiés, juste de fêtes d'anniversaire reconnaissables à une piñata en forme de licorne, un clown triste et une animatrice dépassée par la situation.

La femme de l'accueil me remet une serviette-éponge saturée d'adoucissant. Sur le bout de plastique qui débloque mon passage, il est indiqué *Spouse Member,* bien qu'on ne soit pas mariés. Dans les dossiers de ce club fermé, je suis l'invitée perpétuelle de Nicolas, telle une enfant rattachée à la carte Vitale de son parent.

Au lieu de me diriger vers les vestiaires, je continue dans le couloir vitré et monte deux étages par l'escalier. Personne à l'horizon. Derrière une salle de réunion et l'espace nursery, j'entre dans une petite pièce. Je viens rarement de ce côté du bâtiment et c'est en cherchant des toilettes que j'ai, un jour, découvert la bibliothèque. Il y a des rayonnages de livres sur les techniques sportives classés par discipline, l'histoire des Jeux olympiques, et des guides de bien-être. Je m'assois à une table dotée d'un ordinateur. D'un mouvement de la souris, l'écran s'éclaire. Je ferme le logiciel de recherche de documents et ouvre le navigateur.

J'ai l'impression de faire un truc interdit et mon cœur bat la chamade. Alors qu'en vrai je ne sais même pas ce que je cherche sur ce forum dédié aux expats. Je suis stupéfiée par les détails que les gens sont capables de livrer. Rien n'est trop personnel ou trivial : le montant de son loyer, le nombre de kilos à perdre, une recommandation pour autocuiseur japonais ou le meilleur cours de Bikram à Causeway Bay. Parfois, des groupes se rencontrent en chair et en os et postent des photos prises dans un lieu impersonnel, un pub ou un restaurant de chaîne. Les garçons boivent des bières mousseuses, et les filles, du chardonnay ou du white zinfandel. Que se disent-ils ? Je ne le saurai jamais. De parfaits étrangers réunis de façon aléatoire par un algorithme et le désir d'appartenir à une tribu planétaire.

Une discussion avec des dizaines d'interactions attire mon attention. Le titre : « La susceptibilité des huîtres et des Français à Hong Kong ». Dès l'accroche, je suis absorbée par ma lecture. Ça commence par un internaute nommé ToujoursFrançais qui est scandalisé par des barquettes d'huîtres déjà ouvertes et cellophanées sur l'étal d'un supermarché huppé. Il les décrit comme « agonisant sur leur polystyrène tels de vulgaires filets de poulet ». Je sais exactement de quoi il parle, car il s'agit de la même barquette qui a fait bondir Nicolas dans notre supermarché d'Admiralty.

De là, soixante-douze commentaires sont imbriqués sous la publication. « Les bonnes fées du Port aux Parfums ont oublié de bénir ce fruit de la mer de Chine », suivi d'un catalogue des contrariétés récurrentes chez les expatriés : le manque de croustillant du pain local (« impossible de trouver une bonne baguette »), le prix salé d'un camembert ayant séjourné en soute (« à ce tarif, c'est du vol »), l'odeur des ruelles de Kowloon (« ça pue »), les vendeurs ambulants accroupis aux abords des *wet markets* (« ils crachent par terre, c'est dégueulasse »), des propos qui frisent l'insulte (« n'oublions pas que ces gens descendent de marins sur des sampans »). Comme on dit, il y a à boire et à manger.

Il me semble connaître ces gens dans la vraie vie. Ça peut être un couple qui bat de l'aile, un cadre qui vient de prendre son affectation, une mère de famille qui subit tous les trois ans la mutation de son mari. Tous ont mal au cœur face à la pauvreté (« on aimerait tant les aider, mais ça ne servirait à rien, le mal est plus profond »), déplorent la pollution environnementale (« il y a trop de béton »), s'indignent des conditions de vie (« vous avez vu ce reportage sur les dockers ? »). Mais leur colère ne va pas au-delà de leur clavier. Ils sont bien contents de trouver à l'Est tous les avantages de l'Ouest sans la fiscalité et les grèves. Surfer sur les inégalités, c'est le principe de base de leur expatriation.

J'ai probablement déjà croisé ToujoursFrançais dans une soirée chez des amis ou ici même, au Country Club. On nage dans la même piscine, on déjeune à la même table. Le monde des expatriés est un petit circuit et sur ce forum s'étalent nos préoccupations journalières : « Est-il plus avantageux de donner une *food allowance* à sa *helper* ou de la laisser manger les restes ? », « Absences non remplacées des professeurs au Lycée français » ou « Randonnées à ne pas manquer sur Lamma Island. »

Un peu plus bas, je trouve le fil de discussion le plus populaire du moment, peut-être même de tout le forum. Des centaines de réponses se déplient sous chaque message, écrites avec férocité, points d'interrogation et majuscules, violant toutes les règles de l'étiquette en ligne. Les gens n'ont qu'une seule chose en tête : convaincre qu'ils ont raison et avoir le dernier mot.

NotYourTightPussy : Mon petit ami n'est sorti qu'avec des femmes asiatiques. Est-il fétichiste ? Je pense qu'il m'apprécie (il me l'a déjà prouvé), mais je suis quand même gênée par son palmarès d'ex. Comment savoir s'il est avec moi pour ce que je suis véritablement et non ce que je représente ?

Qui est donc cette NotYourTightPussy ? Un souffle froid glisse sur ma nuque. Mes doigts tremblent sur la souris et le roulement de la molette résonne dans la pièce vide. Les messages défilent et le frisson devient une onde glacée.

Patrick33 : Être intéressé par une autre culture n'est pas un fétiche. Le fétichisme, c'est prendre son pied avec des parties du corps ou des objets qui n'ont pas une vocation érotique. Par exemple, du cuir, des escarpins ou les pieds ! Si ton *boyfriend* s'intéresse à l'Asie, c'est probablement par curiosité et ouverture d'esprit. T'es bien tombée ! Arrête de voir le mal partout. C'est avec des questions comme ça que tu crées le racisme autour de toi.

GrandMéchantLoup : Pourquoi je préfère les femmes asiatiques aux femmes occidentales : féminines. fougueuses au lit. belles au naturel. petites. minces. propres. loyales.

aiment la famille. bonnes cuisinières. reconnaissantes. Je précise que je suis sorti avec des femmes occidentales et asiatiques, je pars donc de mes propres constatations empiriques. Je ne généralise pas. Ma conclusion : essayer les femmes asiatiques, c'est les adopter pour la vie.

AngryAsianWoman : Bande de sexistes et racistes, la preuve que la "fièvre jaune" existe bel et bien.

GrandMéchantLoup : Avec un pseudo comme NotYourTightPussy, c'est quoi ton but dans la vie ?

Cerbère852 : Au lit, ce sont les meilleures. Elles pensent d'abord au plaisir de l'homme. Faut juste les décoincer. Vas-y franco, elles sont un peu prudes au premier abord, c'est dans leur culture, mais une fois que tu les débrides (*no pun intended*) elles te remercient.

_TilouisXX : Les femmes asiatiques, ce qu'elles aiment, c'est se faire dominer et se faire démonter. Ici, pas de féministes de merde comme en France.

Anonyme : Vous les femmes asiatiques, vous préférez les hommes blancs. Regardez Michelle Yeoh, Maggie Cheung, Gong Li. Alors balayez devant votre porte : le fétiche va dans les deux sens. L'attirance ne se décide pas, c'est elle qui vous choisit. Un conseil simple et tu seras heureuse dans la vie : couche avec qui tu veux et sois libre.

Tout Internet est au courant des faits d'armes des expats qui font leur shopping dans les bars et sur les applications de rencontres. Leur *fièvre jaune* n'est pas la maladie transmissible par piqûre de moustique mais une attirance incontrôlée pour les femmes locales, qu'ils exhibent à leur bras. Je connais des Patrick33, GrandMéchantLoup ou Cerbère852. Tu les connais aussi. Tout le monde les connaît.

Je m'adosse à la chaise et préviens Aurélia que je m'absente du bureau cet après-midi. Je ferme la fenêtre de navigation. Ça suffit pour aujourd'hui. Ça suffit tout court. Je supprime l'historique des recherches, effaçant les traces de ma présence comme si ce geste pouvait aussi refouler ce que mes yeux ont vu.

BELLES PLANTES

Je n'ai pas dormi de la nuit. Les commentaires du forum se sont imprimés sur ma rétine. Pendant des heures, dans mon lit, j'ai décortiqué les phrases, les émojis et la ponctuation dans un fouillis de pensées informes. Je me suis rêvée en train de confronter Nicolas, de frapper du poing sur la table et de regarder ses yeux se dérober face à mes accusations.

— Mais toi, est-ce que toutes tes ex sont asiatiques ?

— Faut pas exagérer. Mon premier *crush* au lycée s'appelait Maryline.

— Je te parle pas de tes premiers émois à Tours, mais depuis que tu es à Hong Kong ?

— Tu fais la police des mœurs, maintenant ? Tu vas me dire avec qui je dois coucher, c'est ça, ton projet ?

Quand mon réveil sonne, je m'arrache du matelas en mode zombie et traîne la patte jusqu'au travail. Maintenant, la lumière du jour s'infiltre à travers les stores de la salle de réunion. Je fais un effort surhumain pour suivre le petit point du stylet laser que tient Aurélia. Elle montre des chiffres compliqués sur le PowerPoint. Je suis au bord du gouffre. Gigi est là, quelques sièges plus loin, concentrée sur ses notes, son crayon tapotant la table. Les collègues ont des mines déconfites de la veille, je sais qu'elles ont fait une grosse fiesta. Bientôt, Aurélia va nous asséner ses slogans de *happy manager* et, là, la réunion de service se transformera en rallye de partisans hardcore pour une présidentielle. Ça aura le mérite de me shooter un peu d'adrénaline dans le sang. À tout moment, je m'attends à ce qu'une pop star problématique ou un humoriste à la retraite déboule dans la salle de conférences et nous fasse faire une ola sur :

— On peut tenir les objectifs de l'année !

— On le peut ! On le peut !

— Est-ce que vous êtes fatiguées ?

— On n'est pas fatiguées ! On n'est pas fatiguées !

Je suis hypnotisée par les longs cheveux d'Aurélia de part et d'autre de ses bras longilignes, galbés par les séances de coaching. Ses mèches sont retenues en demi-queue par une pince en plastique souple, peut-être de la résine ou de l'acétate. La coiffure ingénue donne un côté savamment négligé, un genre de *woke up like this*. Je plisse les yeux pour discerner la forme de la pince couleur écaille. Tu dois me trouver ridicule. La maison brûle, les murs tombent en ruine, et moi je m'attarde sur une pince.

La vérité, c'est que je n'en ai pas trouvé qui supporte mes cheveux. Sur moi, elle tient deux secondes avant de se faire la malle. Mes cheveux droits et plats reviennent alors à leur point de départ. Jamais je ne pourrai haranguer une foule avec une jolie pince savamment placée. Jamais je ne pourrai m'arranger en deux temps trois mouvements et, hop, chignon banane ou coiffé décoiffé entre un team building et un cours de Pilates. Et tu sais pourquoi ? Parce que les fabricants de pinces ont pensé leurs créations pour sublimer les cheveux d'Aurélia, fins, légers et triomphants, qui obéissent au doigt et à l'œil quand elle leur ordonne de rester tranquilles là-haut. Les fabricants de pinces ne veulent pas voir leurs produits gâchés par mes cheveux renégats, raplaplas et tristounets. Non, ça, non. Les égéries des marques de pinces sont les Aurélia de ce monde. « Les Aurélia préfèrent-elles les fleurs ou les oiseaux ? Lancez le R&D sur le dossier et que ça saute ! »

Je suis sûre qu'Aurélia a une ribambelle de pinces dans sa coiffeuse. Je l'imagine qui s'agenouille sur les poils moelleux de la moquette quand elle coiffe sa fille depuis son plus jeune âge avec des pinces à sa taille. C'est un savoir qui se transmet de génération en génération. Si Aurélia livre un jour ses prédications dans une master class « Carrière, famille et beauté capillaire : comment tout concilier ? », je serai assise au premier rang, comme une fayotte, à gratter, carnet sur les genoux. « On le peut ! On n'est pas fatiguées ! »

Je remarque que Gigi a une pince, elle aussi. Mais la texture des cheveux de Gigi nécessite qu'elle les plaque d'abord puis les noue avec un élastique avant d'y apposer la pince. Ça ne donne pas du tout le même effet. On voit bien que Gigi a passé du temps devant son miroir à se préparer. Ce n'est pas parce que nous sommes toutes les deux asiatiques que nous avons les mêmes cheveux. Les siens sont plus épais, touffus, avec une courbure prononcée. Aux tempes, la ligne est souple, étoilée d'un frêle duvet. J'espère que tu ne croyais pas que toutes les femmes originaires d'un continent ont les mêmes cheveux, comme des poupées fabriquées à la chaîne dans une usine du Guangdong ?

La pince de Gigi est modelée d'après une fleur de bauhinia violette, qui apparaît sur le drapeau et les pièces de monnaie depuis la rétrocession de Hong Kong. On l'appelle l'arbre aux *orchidées* mais, pardon, ces fleurs-là n'ont rien à voir avec les orchidées increvables vendues en pots individuels dans les grandes surfaces. Non, la bauhinia est plus délicate et légère, les pétales me font penser à du papier de soie, un peu comme ceux des fleurs des bougainvilliers, ces arbustes touffus et anarchiques qui habillent les façades méditerranéennes et les enclos des maisons baignées de soleil.

Ma mère ne cultivait que des plantes utiles : des tiges de basilic thaï bouturées dans des fonds de bouteilles Évian, un mandarinier de bon augure au nouvel an et un pimentier qui donnait des fruits à congeler. En rentrant de l'école, je traînais devant les seaux touffus de la fleuriste de la rue de la Présentation, chez qui mes parents n'allaient jamais. Elle m'offrait un petit brin par-ci, une tige par-là quand elle venait au pressing déposer des chemises à col Claudine et des jupes plissées. Ma mère avait horreur de les rcpasser.

Une fois, elle m'a envoyée rendre un beau tournesol que la fleuriste m'avait donné.

— Tu ne peux pas accepter. Ce n'est pas pour nous. J'espère qu'elle n'attend pas qu'on lui fasse des ristournes en retour, ses habits sont assez compliqués comme ça.

La fleuriste m'avait dit « Cette fleur est resplendissante comme toi ». Voyant ma peine, elle insista auprès de ma mère : « Mais ne vous inquiétez pas, ce tournesol n'est plus vendable. » À moi, elle avait fait un clin d'œil. Tu te doutes bien que je n'ai pas saisi la subtilité du geste. Déjà à l'époque, le premier degré m'était suffisamment complexe. Tout ce que j'ai retenu, c'est que la fleur était bonne à jeter, la seule raison pour laquelle je pouvais la garder. La seule fleur que je méritais. Après avoir plongé le tournesol dans un verre d'eau, je l'ai conservé jusqu'à ce que le dernier pétale tombe et que son cœur grainé soit devenu sec et cassant, comme celui de ma mère.

Je me suis fait la promesse que, quand je serais riche, je me payerais plein de choses inutiles, à commencer par des bouquets de lys, des brassées de roses, des couronnes feuillues, des assortiments de pivoines et de pâquerettes à duvet. En attendant, je me rends dans les centres commerciaux ou à la réception des hôtels simplement pour contempler les compositions florales. Elles sont si belles que je frotte les feuilles entre elles pour être sûre qu'elles sont vraies. Parfois, je vais au parc de Hong Kong pour voir les carpes de l'étang et me baigner dans le bruit blanc des cascades. Il y a des pancartes pour connaître le nom des fleurs. Les Chinois appellent l'hibiscus 大紅花, la grosse fleur rouge. Je t'ai déjà dit, ils ne cherchent pas midi à quatorze heures. Quant aux bougainvilliers qui ornent les rues, ils s'appellent 三角梅, les roses à trois pétales, parce que (je te le donne en mille) la fleur a trois sommets. C'est aussi simple que ça.

Nous, c'est autre chose. On a nommé le bougainvillier d'après Louis Antoine de Bougainville, réputé pour mater les insurgés dans les colonies et mandaté par Louis XV pour faire le tour du monde au départ du port de Nantes en 1766. Quant à l'emblème de Hong Kong, la *Bauhinia blakeana*, elle porte le nom des frères Bauhin, Gaspard et Jean, des herboristes du XVIe siècle, et de Sir Henry Blake, un gouverneur britannique (1840-1918). Les botanistes ne sont pas tous des savants fêlés du bocal qui scrutent les brindilles à la loupe. Des « chasseurs » de plantes ont été payés par les rois pour couper, extraire, déraciner, ordonner et indexer le vivant à l'abri des canonnières. Ce sont les Christophe Colomb du pollen. Une fois *découvertes*, les espèces n'ont plus de passé et sont réinventées avec des noms latins compliqués. Les plantes aussi murmurent l'histoire du monde.

Entre les slogans de campagne, la taxonomie des plantes et les accessoires pour cheveux, je n'ai pas fini de divaguer. Dans cette réunion qui s'éternise, le reste est un mirage. Je ne discerne plus que la pince bauhinia de Gigi sur le haut de son crâne. Au moment où nos yeux se croisent, la main de Gigi s'avance vers la mienne dans un mouvement aussi prompt qu'inattendu. Avant que j'aie le temps de réagir, une enveloppe blanche similaire à celle qui a été déposée hier sur mon bureau repose dans ma paume. C'était donc elle. Planquée dans les toilettes, j'ouvre l'enveloppe :

Ce soir. China Club. Important.

LINGE SALE

Le colis d'après contient des bulbes de ginseng coréen, du thé oolong du Fujian et des kakis séchés au soleil. Des superaliments *pour son bien*, auxquels je suis à peu près sûre que mon père ne touchera pas. Une perte nette, surtout quand le paquet me revient avec la mention « N'a pas pu être livré ».

J'ai calculé le décalage horaire avant de composer le numéro de la concierge. À la troisième sonnerie, elle décroche.

— Allô ?

— Bonjour, madame Tamélia ?

— Qui est à l'appareil ?

— Je suis la fille de Monsieur Vong. Vous vous souvenez de moi ?

— Qui ça ?

— Les Chinois du premier étage.

— Ah oui, bien sûr !

J'aurais voulu mourir plutôt que de prononcer ces mots devant elle, *les Chinois du premier étage*, en sachant qu'aucun membre de ma famille n'a jamais eu en sa possession des papiers d'identité de Chine. Mais, que veux-tu, j'ai pris sur moi. Quand t'appelles un numéro à dix mille bornes, faut savoir prendre des raccourcis. Ce n'est pas le moment de donner une leçon de géographie.

— Tu habites loin, non ? Tu m'appelles d'où ?

— De Hong Kong.

— Mais oui, ton papa me l'a dit !

— Est-ce qu'il y a un problème avec le courrier ? Le dernier colis m'a été retourné.

J'aurais mieux fait de me taire et d'avaler mes nutriments par les trous du nez. Madame Tamélia s'est lancée dans une logorrhée pour m'expliquer que le facteur ne dépose plus le courrier dans les boîtes aux lettres car elles ont été vandalisées et que, malgré les complaintes des résidents, les murs du hall restent barbouillés à la bombe de peinture, des imitations de graffitis étalées sur le crépi poussiéreux : « J LA PUTE » et « NIQUE TOI ». Depuis, Madame Tamélia est en grève. C'est pourquoi le retour à l'expéditeur des lettres et colis est inévitable.

— C'est pas contre ton papa que je fais ça. J'aime mon travail. Depuis le temps, j'ai même beaucoup de respect pour mon travail. C'est le syndic qui me respecte pas ! Ils veulent pas réparer ces boîtes aux lettres, et qui doit distribuer le courrier ? C'est bibi.

— …

— Vous, vous êtes des gens bien, ton papa est très poli, alors je peux vous faire confiance. Et ta mère, paix à son âme. Vous n'êtes pas comme ces Chinois qui passent leur temps au bar-PMU à se tourner les pouces. J'aime pas dire du mal mais, dans cet immeuble, y a des locataires qui sont pas corrects.

— Ah, oui, c'est compliqué.

— Je travaille ici depuis 1985, quand la baguette coûtait deux francs soixante, en francs français. Aujourd'hui, elle vaut plus d'un euro. Mais moi, mon salaire n'a pas bougé, et c'est pas faute de demander. Le boulanger, ça fait belle lurette qu'il est parti à la retraite. Alors, tu vois, les boîtes aux lettres, c'est la goutte d'eau. Moi, je fais plus rien pour les arranger.

J'entends le chien aboyer dans le combiné, en guise de validation des propos de sa maîtresse. La concierge a eu plusieurs chiens, mais toujours des petits roquets. Je me souviens d'un caniche hargneux. Une fois, il s'est jeté sur la chaussure de mon père, qui a voulu le repousser en secouant la cheville. Mais le clébard a redoublé de force et planté ses crocs dans la semelle. Mon père a alors décroché le caniche avec un coup de pied qui l'a envoyé bouler à l'autre bout de la cour. La concierge l'a vu faire et, après ça, elle nous a fait vivre un enfer.

Mon père s'en est voulu d'avoir terni l'image du monsieur chinois poli et pondéré, un personnage qu'il a entretenu des années durant derrière son comptoir de teinturier-blanchisseur, à rendre service aux clients. Nous, on savait bien que c'était un rôle. Quand il tombe le masque, il est irritable et grossier. Comme beaucoup d'immigrés asiatiques dans ce pays, on le présume insensible aux provocations, on sous-entend qu'il ne se sent pas concerné parce qu'il a trop de travail ou que, compte tenu du fait qu'il a connu une dictature, former une opinion ne serait pas dans sa culture.

— Tiens, pendant que j'y pense, il faut que ton papa signe la pétition.

— Quelle pétition ?

— Pour forcer le syndic à réparer les boîtes aux lettres. Un UL-TI-MA-TUM.

Je l'entends secouer un bout de papier à côté du combiné, prête à bondir jusqu'au premier étage. Mon père n'assistait pas aux réunions de parents d'élèves ni aux sit-in contre les fermetures de classes. Je doute qu'il appose son nom sur une feuille volante. « On ne sait jamais dans quelles mains elles finiront. » Il répétait souvent que derrière les bonnes intentions se cachent les desseins les plus sombres.

Madame Tamélia ne lâche pas le morceau. Les gens tenaces comme la concierge ont plus de probabilités d'obtenir gain de cause que ceux, comme mes parents, qui baissent les bras à la première contrariété. Mes parents la trouvaient insupportable. Elle faisait des réflexions sur la propreté des parties communes, sur la poubelle débordante du Modern' Pressing, sur les bidons de perchlo qui s'empilaient dans la cour de l'immeuble.

— Tu te souviens de ma fille, Solange ? Vous étiez mignonnes, toutes les deux.

Solange, bien sûr. Comment pourrais-je l'oublier ? Nous étions meilleures amies depuis la maternelle. Elle habitait la loge au rez-de-chaussée et, depuis la lucarne de notre salle d'eau du premier, je pouvais voir la fenêtre de sa chambre. On prenait le goûter sur le perron de l'immeuble puis on faisait nos devoirs sur le comptoir du Modern' Pressing. Parfois, elle avait le droit de manger chez nous, et elle adorait manier les baguettes. On était inséparables jusqu'à ce qu'on nous sépare.

— Ton papa, il m'a dit que tu mènes la belle vie à Hong Kong. Il est fier de toi, dis donc. Tu dois être heureuse ! Quand est-ce que tu reviens le voir ?

Ça me dérange que mon père parle de moi à des inconnus. Je ne sais pas ce qu'il raconte à la concierge, vu qu'on ne discute pas beaucoup, lui et moi. Comment saurait-il que j'ai « la belle vie » ? Simplement parce que je lui envoie des colis ? Mon père espère probablement que je mène l'existence qu'il n'a pas vécue, celle pour laquelle il s'est sacrifié toutes ces années. Il me pense assise à la table des grands de ce monde, un monde qui ne lui appartient plus. Comment aurais-je le cœur de lui avouer que je ne suis pas à leur table mais à leur menu ?

Mes parents ont débarqué un matin à Roissy. Dehors, c'était l'hiver, un vent glacial soufflait, raidissant leurs lobes d'oreilles. La neige était si fine et sèche sur les trottoirs qu'on aurait dit de la noix de coco râpée sur un entremets. Mon père savait qu'il ne reverrait plus son pays, ni les visages des siens perdus dans ces satanées guerres. Tant de guerres et tant de morts. Mes parents y ont échappé de justesse et ont trouvé la paix dans la chaleur d'un foyer. Ensemble, ils ont recréé leurs pays de toutes pièces. Ils ont construit un refuge sans stratégie militaire, sans opposants au régime, sans trahisons politiques. Ils ont bordé leur abri de draps-housses, de taies d'oreiller et de couvertures en laine. Ils ont eu une petite fille qui a grandi dans le Modern' Pressing, loin des checkpoints et des villages fantômes. Ici, les gens disent bonjour sans arrière-pensée, mes parents peuvent marcher dans la rue sans craindre de mettre le pied sur une mine terrestre ou d'être questionnés à tout bout de champ par des militaires. Je n'ai pas eu peur de la guerre, car mes parents ont tout fait pour m'en protéger. Mon père ne parlait pas de bonheur. Vivre, c'est déjà assez.

Il a voulu me transmettre la rigueur et la conscience du devoir accompli. Le pire, pour lui, c'est le gâchis. Si sa famille n'a pas eu faim, c'est parce qu'il s'est privé à sa place. Si sa femme n'a pas faim dans l'au-delà, c'est parce que chaque jour un sandwich *banh mi* frais lui est apporté à la faveur de la fumée d'encens. Jamais il n'a laissé traîner sa fille, ni fait attendre une facture. Pour ça, mon père se félicite d'avoir été utile dans sa vie. Même s'il est resté derrière, même si les escaliers lui sont pénibles, même s'il ne mange plus de plats chauds, mon père vit ma « belle vie » par procuration.

— C'est bien, que tu aies choisi Hong Kong. Vous, les jeunes, vous avez besoin de retourner aux sources. Ma Solange, elle est partie à Lisbonne. Quand je serai à la retraite, je la rejoindrai.

Madame Tamélia regarde les chaînes d'info en continu dans la loge, elle croit peut-être que la France croule sous les demandes d'asile et que les personnes qui tentent de fuir leur pays se pressent d'abord à nos portes. Mais j'ai vu un reportage sérieux sur YouTube qui affirme que la vaste majorité des migrations se fait loin de l'Europe et des États-Unis. Les déplacements de populations se produisent en priorité au sein des mêmes frontières, au sein d'une même région, et Hong Kong est une étape majeure où des centaines de milliers de gens ont transité. L'île a été une terre d'accueil des réfugiés du Vietnam, du Cambodge et du Laos. Après 1975, à la suite de la libération de Saigon, de l'arrivée au pouvoir des Khmers rouges au Cambodge et d'un nouveau régime autoritaire au Laos, des millions ont fui la péninsule indochinoise, souvent par bateau, en mer de Chine, pour échapper à la persécution, la pauvreté et la mort. Les uns sont restés, d'autres comme mes parents sont repartis à l'aide d'un dossier favorable déposé auprès d'un organisme humanitaire.

Depuis que je suis tombée sur cette vidéo un soir par hasard, je me suis souvent demandé si mes parents ont connu les baraquements sordides de l'île de Lantau, la léproserie sur Hei Ling Chau ou les tentes du camp de

Kai Tak, l'ancien aéroport, où les avions frôlaient les gratte-ciel avant de se poser. Je ne le saurai jamais. Si je demande à mon père, il détournera le regard et lâchera, comme une sentence, sa réponse habituelle : « C'était dur, à l'époque. On a eu beaucoup de chance. C'est fini tout ça. » Une poignée de mots pour enterrer une vie entière.

J'ai tant de colère contre mon père. Je lui en veux de ne rien exprimer. Je lui en veux d'avoir à apprendre son histoire sur YouTube. Je sais pourtant qu'il a vécu des choses terribles, mais pourquoi les garde-t-il pour lui ? S'il me laissait entrer un tant soit peu, je pourrais peut-être lui pardonner. Mais on n'est pas faits de ce bois-là, et je crois qu'on ne le sera jamais. C'est moche, mais j'aurais préféré qu'elle vive et qu'il meure. Voilà, c'est dit. En chinois, on dit 口臭, que ma bouche pue.

CHINA CLUB

En sortant du travail, je saute dans un tram vers l'est. D'habitude, je monte m'asseoir à l'étage, pour la balade et aussi le son du 丁丁 *ding ding* qui chasse les piétons des rails et fait concurrence au vrombissement des voitures de sport. Mais pas ce soir, je n'ai pas le temps d'admirer le paysage.

Au dernier étage du Old Bank of China Building, j'entre dans le China Club, autre bastion de privilèges pour *members only*. Un vrai temple du rétro-chic, saturé d'estampes, de porcelaines et de reliques au parfum nostalgique du Shanghai des années 1930 – le temps où les quartiers étaient ségrégués –, et où les plaisirs coupables comme le jeu, l'alcool et la luxure sont emballés dans une maison de thé vintage.

Je monte l'escalier majestueux, une main sur la rambarde vernie, devinant derrière les tentures en bois laqué les murmures feutrés et les ombres qui s'agitent dans les salons privés. On dirait un décor de 上海灘 *Shanghai Tang*, la série culte avec l'acteur 周潤發 Chow Yun-fat. Ma mère était folle de lui, son look de gangster et son borsalino.

Une hôtesse au look de star de cinéma semble être prévenue de mon arrivée. Sans que j'aie besoin de parler, elle s'avance vers moi. Je n'ai toujours aucune idée de ce que je suis en train de faire, mais je la suis. Au fur et à mesure qu'on avance dans un couloir éclairé par des lanternes, j'entends se rapprocher le bruit vif et rythmé des tuiles de mah-jong qui s'entrechoquent. Je le reconnaîtrais entre mille. Dans notre salon enfumé, mon père et ses copains passaient des nuits à les manipuler. J'avais le droit de rester un peu pour servir des assiettes de fruits coupés et des bières fraîches au cercle de joueurs avant de sombrer sur le canapé, bercée par le cliquetis répétitif des tuiles vert et blanc.

Par une porte dérobée, l'hôtesse me fait pénétrer dans une pièce sombre aux murs tapissés. Elle referme derrière moi. J'avance à pas prudents, ne voyant pas à dix centimètres, jusqu'à apercevoir une lueur, puis Gigi assise sur un divan en velours. Elle est en train de manger, une cuillère dans une main et un bol dans l'autre. Quand elle me voit, ses yeux me souhaitent la bienvenue pendant que sa bouche finit de mâcher. Son bol est garni d'une soupe de riz, ciboule ciselée et beaucoup d'ail frit, accompagnée d'un 油炸鬼, beignet longiligne, traduisible par « fantôme frit ». Gigi a dans le regard un éclat que je ne lui connais pas au boulot. Cette étincelle m'interroge sur ce qui m'attend dans cette pièce mystérieuse. J'avais mes réserves sur son compte, mais à cet instant je vois bien que je ne sais rien de cette personne que je côtoie tous les jours au bureau.

— Ça va ?

— Oui, super, et toi ?

Gigi se lève et plante ses yeux au fond des miens.

— Tu es sûre que ça va, vraiment ?

Ça n'a l'air de rien, mais la question de Gigi me transperce de part en part. Je ne sais pas ce qui m'arrive, mais la seconde d'après je m'effondre. Pas une larme discrète qui glisse en silence, mais des torrents qui détruisent tout relief sur leur passage.

Non, ça ne va pas. Ça ne va pas du tout.

Je déballe mes malheurs, je vide mon sac. Depuis aussi longtemps que je me souvienne, je suis abonnée aux problèmes. La malédiction me frappe encore, comme elle a frappé ma mère et ma famille. Un mauvais sort cousu dans mon ADN qui s'acharne à travers les générations et les continents. Depuis aussi longtemps que je me souvienne, j'ai les boules. Une angoisse sans voix, la certitude que tôt ou tard ça tournera mal.

Je lui parle du chien noir de la concierge, qui me poursuit, accroché à mon mollet. De comment j'ai perdu ma meilleure amie parce que sa mère a regardé la télé. Des fois où ma mère me crie dessus et mon père rentre ivre du troquet. Puis ma mère meurt de maladie et mon père a tellement de chagrin qu'il ne parle plus. Des années plus tard, je quitte la maison pour fuir mon malheur, mais je me retrouve à errer dans cette immense ville. Je vais à de belles fêtes mais, quand je rentre dans mon appart aux murs humides, j'entends la chasse d'eau du voisin et j'ingurgite des nouilles instantanées. Je me suis promis d'aller vers ma chance, mais je ne me suis jamais sentie aussi seule. Je voulais du changement, mais je continue à sourire pour les autres. Je cherche l'amour, mais je perds mon temps sur les applis de rencontres et je finis par noyer mes peines dans l'alcool sirupeux et les cigarettes mentholées. Et puis Nicolas. Voilà comment rien ne va.

Gigi ne doit rien comprendre à cette déferlante de nez qui coule et phrases décousues. Je n'ai même pas la force de m'excuser pour l'embarras que je lui cause, et Dieu sait qu'au club de la honte j'ai mon badge de chevronnée. Je sens ma tête s'alourdir. Le velours doux du sofa du China Club m'appelle. Je m'endors comme la poupée cassée d'une petite fille paniquée.

À mon réveil, je ne sais plus si c'est le jour ou encore la nuit. La lumière douce des appliques du China Club ne me dit pas combien de temps j'ai fermé les yeux. Une trace de pli en travers de ma joue trahit mon épuisement. La partie de mah-jong est terminée et la pièce silencieuse nous enveloppe d'une étrange intimité.

— Ça va mieux ?

— Oui merci, *vraiment* mieux.

— Tu avais besoin de repos, je crois.

Gigi est assise sur un pouf, son attention sincère me transmet une force qui me manquait. Je sens mes épaules se dénouer.

— Tu sais, moi aussi, je suis passée par là.

Je la fixe, le cœur serré. Elle tambourine des doigts sur le bord de son siège, regarde ses pieds puis, finalement, lâche ce qui me fait l'effet d'une bombe.

— J'ai été avec Nicolas avant toi.

Les bras m'en tombent. Non, je ne peux pas le croire. Aucun son ne sort de ma bouche et, dans ma tête, c'est les montagnes russes. Comment Gigi, si sûre d'elle, si forte et impeccable dans ses tailleurs ajustés, a-t-elle pu se trouver à ma place ?

— J'aurais voulu te prévenir plus tôt. C'est juste que… ce n'était pas facile de te voir avec lui. Pas parce que je t'en voulais, mais parce que je savais ce que tu vivais, dit-elle avec les plus grandes pincettes.

Je ne ressens aucune jalousie, plutôt une sorte de vertige. Je dois poser les mains sur le canapé pour être certaine que le sol ne se dérobe pas sous mes pieds. Les pièces du puzzle s'assemblent une à une.

— Je ne pouvais pas venir te dire quoi faire. Tu l'aurais mal pris. Mais je ne voulais pas non plus que tu te sentes isolée. J'aurais dû faire plus, je suis désolée, continue-t-elle, les yeux baissés.

Elle s'assoit à mes côtés et prend mes mains dans les siennes. Une émotion que je ne peux pas nommer monte en moi, un mélange de soulagement, de reconnaissance et de tristesse.

— J'ai mis un temps fou à le comprendre et encore plus de temps à m'en sortir. Au début, j'y croyais. Je pensais qu'on filait le parfait amour. Je me sentais bien, spéciale. Avant de me rendre compte que je n'étais qu'une parmi d'autres…

Elle pousse un soupir. Il n'y a pas qu'elle, ces autres femmes, j'en connais aussi. Une serveuse du Mademoiselle Dragon, deux autres collègues du bureau. Je m'enfonce dans une autre dimension, obscure et difforme.

— Le pire, c'est quand tu es en plein dedans. J'avais entendu des rumeurs, mais je n'écoutais pas. Je me disais : ce n'est pas possible. C'est fini, la colonisation, c'est dans le passé. Les 鬼佬 *gweilo* ne peuvent pas encore considérer les Hongkongaises comme des objets. J'ai trouvé des excuses, il m'a fallu le vivre jusqu'au bout pour comprendre par moi-même. Un jour, ça m'est apparu comme un éléphant dans une pièce, que je m'entêtais à ne pas voir. C'était à un dîner, je voulais qu'on rentre tôt parce que j'étais fatiguée, mais Nicolas a insisté car il avait envie de sortir, c'était sûrement son soir de congé. On était avec des copains, la soirée allait bon train, mais à un moment quelqu'un a fait une blague déplacée, je ne sais plus ce que c'était, mais ça m'a énervée. Je suis allée prendre l'air et, quand je suis revenue des toilettes, ça m'a frappée. Le plan de table : les hommes d'un côté, tous des 鬼佬 *gweilo*. Et de l'autre les femmes, toutes des Chinoises, toutes plus jeunes. Un vrai tableau de chasse, et j'étais parmi les proies.

Je suis sidérée par son anecdote et par la précision douloureuse de son souvenir. Combien de fois ai-je été à ces dîners sans voir l'évidence, sans voir de mal, sans voir ce même éléphant confortablement installé ?

— Après ça, j'ai compris que Nicolas n'était pas avec moi. Il était avec… une idée de moi. Une projection. J'endossais un rôle qui permettait à son scénario de fonctionner. Tu sais combien il aime ses films… Alors un jour j'ai tout envoyé balader. Je suis partie. Pas tout de suite. Mais c'était la fissure et après tout s'est écroulé…, continue-t-elle.

— Et quand as-tu décidé de me donner l'enveloppe ?

— Après la soirée chez Aurélia sur le Peak, quand je t'ai vue plonger dans la piscine, j'ai su que tu entendais une petite voix qui te murmurait que quelque chose n'allait pas, mais que tu n'arrivais pas à mettre le doigt dessus. Je voulais que tu comprennes que tu n'es pas seule. On n'est pas seules. Le problème, ce n'est pas nous, c'est eux. Et c'est possible de s'en sortir. Bientôt, ce sera un vieux cauchemar.

Elle sourit et se redresse.

— Maintenant, je me bats pour quelque chose de plus grand que moi.

Elle décroche sa pince ornée de la bauhinia.

— Mon histoire personnelle m'a fait comprendre l'importance du combat collectif. Ce n'est pas juste Nicolas, ni une catégorie d'hommes, c'est la société tout entière qui ne doit pas se laisser abuser par le pouvoir. Pour les

Hongkongais, l'idée d'être pleinement nous-mêmes et de décider de notre avenir n'est pas une aspiration fantasque mais une nécessité. Notre histoire nous a placés sous le joug colonial des Anglais et permis de gagner en autonomie à la sueur de notre front, alors il est inconcevable de revenir en arrière. Les gens ici refusent qu'on leur impose une identité qui n'est pas la leur.

Elle fait une pause, les yeux brillants dans la pénombre :

— Depuis toute jeune, le 4 juin, je vais à Victoria Park avec mes parents. On allume des bougies pour se souvenir et espérer, pour hier et demain. On pense aux injustices perpétrées en 1989 sur la place Tiananmen à Beijing contre le peuple et à toutes les exactions dans le monde. J'adore cet endroit à Causeway Bay, pourtant, il n'a rien d'original, c'est un jardin avec des arbres et des allées. Ce qui compte, c'est son odeur de liberté. Si tu voyais les fêtes du 4 juin, tu comprendrais que les Hongkongais ont une conscience politique profonde, même si certains prétendent le contraire. On l'a toujours eue ! On n'a jamais été un rocher stérile, comme s'en vantent les Anglais. Dans les années 1970, mes parents ont marché contre la corruption. À l'aube de ce siècle, un demi-million d'entre nous est descendu dans les rues pour contrer la menace qui pesait sur notre Constitution. Après, il y a eu des revendications pour préserver notre éducation et le mouvement Occupy Central a dénoncé l'érosion de nos libertés. C'était si satisfaisant de sentir la solidarité et la rage dans les rues de la ville, mais aussi partout sur cette terre ! Aujourd'hui, c'est reparti de plus belle, une bataille pour notre survie contre une nouvelle loi qui veut nous contrôler, nous museler, nous expulser au moindre faux pas… c'est hors de question. Pour que Hong Kong ne cède pas. Pour que Hong Kong reste Hong Kong. Je ne sais pas si tu comprends…, dit-elle avec douceur et fermeté.

Je suis bouleversée par son monologue, qui touche une corde profondément enfouie. Moi qui me suis toujours faite petite pour ne pas déranger, pour simplement respirer le même air que les autres. J'ai cru que c'était dans ma nature, une forme d'humilité culturelle ou un trait de ma personnalité. Mais en voyant ce peuple, minuscule par son territoire, s'ériger contre des forces immenses pour défendre un droit aussi simple que celui d'être soi, à ses conditions, sans compromission, je réalise que ce n'est pas une question de tempérament. Leur combat est celui de toute l'humanité, qui donne de la valeur à mon propre désir : celui de ne plus m'excuser d'exister. C'est tout ce que je demande.

Sur son téléphone, Gigi ouvre une application. Une carte de la ville constellée de points colorés s'affiche alors : en bleu, ce sont des lieux qui soutiennent le mouvement, en jaune, ceux qui sont du côté du gouvernement. « On attend le prochain signal pour agir. » Elle attend le prochain signal pour enfiler un T-shirt noir, un casque tactique, des genouillères, mettre de la cellophane autour de ses avant-bras afin d'éviter que la peau s'irrite trop et un masque à gaz qui protège des bombes lacrymogènes et du gaz poivre.

— Et toi, demain, tu feras quoi ? me demande-t-elle, pensive.

— Une chose est sûre, je ne pleurerai plus sur les fauteuils en velours des clubs privés.

SOUTH CHINA EVENING STANDARD

21 juillet 2019

Une vague de violence a éclaté à la station MTR de Yuen Long dimanche soir dans les Nouveaux Territoires, lorsque des hommes masqués vêtus de blanc, armés de barres de fer et de battes, ont agressé des manifestants, des journalistes et des passants.

L'attaque, qui a duré quarante minutes avant l'arrivée tardive des forces de l'ordre malgré de nombreux appels d'alerte, a laissé 45 personnes blessées, dont certaines grièvement.

Cet incident a suscité une vague d'indignation dans tout Hong Kong. De nombreux citoyens dénoncent le manque de réactivité des autorités et soupçonnent une collusion entre les agresseurs et des groupes d'intérêts politiques pro-Beijing. Les victimes, dont plusieurs jeunes manifestants prodémocratie, affirment que l'attaque visait à intimider et réprimer la contestation croissante contre le gouvernement et l'influence grandissante de Beijing sur la région semi-autonome.

SAUVER LE SOLDAT

Dans le tunnel souterrain qui relie Hong Kong à Kowloon, le van avance lentement sous les barres successives de néons irradiants. Par-delà le plafond bas, la masse de l'eau du port nous entoure, omniprésente. On se croirait dans l'intestin géant de Moby Dick, et les voitures qui progressent, pare-chocs contre pare-chocs, sont comme des comprimés avalés par une gorge de béton.

— Faut pas être claustro…, je murmure à l'oreille de Gigi, mais elle ne relève pas, les yeux cachés derrière des lunettes de soleil.

Nous sommes en route pour l'usine de Shenzhen, en Chine. Après des mois de la même rengaine, de briefings, de brainstormings dopés au café glacé, de validations, de réunionite aiguë et de nuits trop courtes, le projet Blanche Neige se concrétise enfin par les premières crèmes et lotions qui sortent de la ligne de production avant d'être mises sous packaging.

Depuis qu'on est montées dans le van, Aurélia raconte sous toutes les coutures son week-end idyllique avec son mari canon et ses deux enfants sages. Jamais de crises, jamais de taches sur leurs vêtements.

— Donc ils me disent : pas encore de la pizza, maman, on veut des légumes verts ! Je ne sais pas comment les autres parents cuisinent leurs épinards, mais les miens A-DO-RENT, rit-elle.

— Incroyable, dis donc. Et les haricots, ils aiment ?

Je remets une pièce dans la machine pour qu'on soit tranquilles jusqu'à la frontière. Après, je la lancerai sur les travaux manuels ou la méthode Montessori le temps d'arriver à l'usine. Quand le tunnel débouche sous le ciel couvert, on avance toujours à la vitesse d'un escargot. Puis Luohu Checkpoint apparaît à l'horizon, massif et intimidant : poste de contrôle, barrières, soldats en uniforme sous le panneau China Immigration Inspection… Tout est en place pour nous informer qu'on change d'univers. Hong Kong et Shenzhen, même *party,* mais deux salles, deux ambiances. La fameuse doctrine du « Un pays, deux systèmes » instaurée par l'ancien président Deng Xiaoping est ici de mise.

Dans la file dédiée aux visiteurs, le van s'immobilise. Le chauffeur actionne la portière automatique et allume l'éclairage intérieur. Une chaleur croupie pénètre dans l'habitacle. L'agent récupère nos passeports et nous dévisage par la guillotine de son poste de garde en nous appelant par nos prénoms.

— Aurélia ? Sam-Yut ? Gigi ?

D'un geste, il intime à Gigi d'ôter sa casquette et ses lunettes de soleil. Je remarque qu'elle a des cernes marqués sous son fond de teint. Une fois passées les formalités de l'entrée en République populaire de Chine, on commence enfin à bien rouler. Shenzhen se déploie dans sa démesure. D'abord les immeubles étincelants, les échangeurs à voies multiples, puis les hangars, alignés comme des colosses d'acier, plus longs qu'un stade de foot, encerclés de barbelés et surveillés par des gardes de sécurité.

C'est ici l'atelier du monde, le cœur battant de la fabrication de ce qui finit entre nos mains, dans nos maisons, dans nos poubelles. Jouets, habits, articles de sport, de jardinerie, qu'importe. Tout prend vie quelque part dans ces monstres de métal. Je perds le compte des camions remplis des marchandises qui vont de ce pas inonder le reste de la planète.

— Tu n'as encore rien vu, enchérit Aurélia. Avant, les Chinois passaient la frontière vers Hong Kong le week-end pour un peu de shopping et manger au resto. Maintenant, c'est le contraire, les Hongkongais profitent de leurs congés pour faire le plein de l'autre côté. Les filles viennent pour leurs ongles à Uniwalk, c'est presque moitié moins cher, si ça t'intéresse ? C'est fini, les idées arrêtées entre les uns et les autres, les Hongkongais obsédés par le fric et les continentaux rustres et incultes. Bon, on croise quand même quelques scooters sans casque et des piétons sur les voies rapides mais, globalement, en à peine une décennie, le niveau de vie s'est harmonisé.

Ça la fait sourire de me voir épatée comme une néophyte qui découvre la face cachée du *vrai business.*

— Attends d'être dans l'usine. C'est incroyable, comme dans une ruche, chaque ouvrière a sa place. Elles sont d'une efficacité redoutable, on pourrait pas faire ça ailleurs. C'est le futur. Ne dit-on pas « Quand la Chine s'éveillera, la terre tremblera » ? Je ne sais plus de qui est cette phrase, mais c'était un visionnaire.

Gigi se tourne vers elle et hausse les épaules, un geste qui ne lui ressemble pas. D'habitude, elle se garde de laisser transparaître ses pensées. Elle fait son boulot, elle rentre chez elle et point barre. L'autre soir, au China Club, elle a évoqué son entourage du bout des lèvres. Ses parents, âgés et d'extraction modeste, comptent sur l'aide de Gigi, une enfant unique, elle aussi. Ils vivent dans un petit appartement de Kwai Hing, dans les Nouveaux Territoires, où Gigi a grandi. C'est la seule fois où elle m'a parlé de sa famille.

— On tremble déjà. Si t'as pas remarqué, c'est que tu ne fais pas attention.

Je ne m'attendais pas à entendre sa voix basse mais claire trancher comme un couteau l'enthousiasme d'Aurélia. Quand je la regarde, surprise, Gigi baisse ses lunettes de soleil et me fait un clin d'œil, que cette fois-ci je comprends. À la bonne heure ! C'est le métier qui rentre.

— Allez, on est arrivées. Au boulot ! lance Aurélia en actionnant la portière.

Dehors, l'air lourd est chargé d'odeurs de plastique fondu et de produits chimiques. Dans l'usine, les lignes de production s'étendent d'un mur à l'autre. Les machines crachent des composants, des tubes, des boîtes lustrées et des emballages aux couleurs pastel. Des employées masquées et charlottées s'affairent, vérifient, chargent la marchandise en cadence.

— Et voilà, mesdames, vous pouvez être fières de notre nouvelle collection Blanche Neige : crèmes, lotions, injections, gummies, la totale ! C'est votre boulot qui se concrétise sous vos yeux, annonce Aurélia avec émotion, en désignant un panier de flacons. Et le tout bien sûr grâce à des formules sans plomb, ni cortisone, ni hydroquinone, pour des effets unifiant, éclaircissant, retexturant…

— … et corrosifs…, ajoute Gigi.

On se dirige vers les bureaux à l'étage. À côté de l'escalier fraîchement repeint, je m'attarde devant un meuble en ferraille rouillée, incongru comme un cheveu sur la soupe dans cette usine ultramoderne. Dessus, des bocaux en verre sont alignés, remplis d'eau chaude et tapissés de feuilles de thé. La paroi du fond est teintée du brun profond du dépôt. Sur le pourtour, la buée floute les prénoms des travailleuses écrits au marqueur noir. Je réussis à en lire certains : 小丽 Siu Lai, 盈女 Wing Neoi. Ces bocaux semblent être leur seule possession dans la collectivité, une petite pause désaltérante en plein travail harassant. J'effleure l'un d'entre eux et je sors mon téléphone.

— *No photo*, intervient une superviseuse.

— Oh, *sorry*, pardon, je balbutie, le visage empourpré.
— *It's OK*, elle est avec moi, s'interpose Aurélia d'un ton sec et autoritaire, se plaçant entre nous.

Dans le bureau vitré, la nouvelle gamme Blanche Neige est exposée. Les packagings s'alignent telle une armée prête à conquérir sa clientèle : une nouvelle couleur tendance, des contours encore plus brillants, le tout pensé pour susciter le désir. Toujours plus de nouveautés pour plus de ventes, parce que c'est la clé. Pendant les heures qui suivent, les produits sont examinés sous toutes les coutures. Mais tout cela reste un jeu de surface : le fond, lui, ne change pas.

Je nous projette déjà en salle de conférences pour créer les slogans qui chantent, planifier les *photo shoots* où des mannequins à la peau déjà parfaite et lumineuse donneront envie à celles qui se sentent vieilles et moches. On achètera de la publicité. On invitera des personnalités. On sponsorisera des événements, offrant à la sortie des petits sacs cadeaux à emporter. On bombardera les journalistes de communiqués et de colis à *unboxer*. Tout ça pour que les femmes rêvent d'un idéal inatteignable. Je me sens déjà fatiguée. Mais comment pourrais-je me plaindre depuis ce bureau vitré où nous sirotons des *latte* ? Le bruit des machines couvre le silence des ouvrières, qui nous jettent des coups d'œil curieux sans cesser de travailler.

— Elles sont concentrées, dis donc ! félicite Aurélia.

— Ou épuisées…, susurre Gigi.

Avant que l'on reprenne la route, la superviseuse nous fait visiter les dortoirs des salariées. Les fenêtres sont grandes ouvertes, car le bâtiment n'est pas équipé de climatisation, seulement de ventilateurs portables qui brassent l'air lourd de la fin d'après-midi. La superviseuse précise, d'une voix neutre et calibrée, comme une guide touristique sur un bateau-mouche :

— Sur votre droite, il y a une salle de repas pour dîner et chanter au karaoké. Les filles adorent décompresser après le travail.

— Ça, c'est un vrai plus ! s'exclame Aurélia, tout sourire. Ces femmes sont mieux payées, disposent d'un jour de congé par semaine et les jeunes mères sont autorisées à garder leurs enfants près d'elles. Une chance rare.

J'en aperçois dans la cour poussiéreuse, des enfants aux shorts délavés et sandales multicolores, qui jouent à cache-cache derrière l'écran géant d'une télé sur pied, plantée au milieu de ce paysage blafard. Leurs rires se mêlent au bourdonnement des ventilateurs. Une scène joyeuse et insoutenable.

À la fin de la journée, Gigi ne rentre pas avec nous sur l'île. C'est plus pratique pour elle de changer à la gare de Luohu pour regagner son domicile. Quand elle nous quitte, je remarque une fine couche de gaze blanche qui dépasse de sa manche longue, presque cachée. Elle a la main gauche bandée. Comment ai-je pu ne pas le voir ?

Est-elle blessée ? Je suis soucieuse après ce qu'elle m'a confié hier soir sur ses activités nocturnes, mais évidemment je ne dis rien devant Aurélia.

Des employés hongkongais d'entreprises chinoises ou internationales ont été virés pour leurs prises de position, même un post sur Facebook ou un *like* mal interprété. Les murs ont des yeux, les silences aussi. De tout temps, la politique a mis des gens en danger, mais sans politique rien ne bouge, rien ne change. Comme mon père, Gigi se protège, elle évite les grands mots, les opinions trop visibles. Mais elle agit. Elle sait ce que coûte l'obéissance : des journées de labeur sans fin, des injustices qui ne cessent pas, des générations condamnées à attendre un miracle qui ne vient pas. L'obéissance ne mène qu'à davantage d'obéissance. Gigi a choisi son camp. J'aurais aimé qu'elle m'en dise plus mais, pour aujourd'hui, je vais devoir prendre mon mal en patience.

Le chauffeur démarre et, pendant le retour, Aurélia est inarrêtable. La visite de l'usine a rechargé ses batteries au maximum. Je suis seule dans la voiture avec elle, mais elle me parle de sa voix galvanisante, prête à convertir quiconque à sa vision du monde, comme si elle donnait un colloque sur la libération par le travail devant des centaines de cols blancs.

— On touche les femmes des deux côtés de la chaîne de production. Dans ces usines, il y a des travailleuses qui seraient peut-être coincées dans un village reculé en montagne, mères de famille avant l'âge, sans qualification, sans autre horizon que celui dicté par leur père ou leur mari. Grâce à ce job, elles sont indépendantes et ce sont elles qui envoient de l'argent à leurs familles. Ce sont elles qui font tourner l'économie chinoise !

Elle décroise les jambes, redresse le dos et continue, imperturbable, à livrer son discours à une foule imaginaire cn délire.

— À l'autre bout du tapis roulant, nous avons la beauté des femmes, qui n'est pas du tout un sujet superficiel, comme beaucoup le font croire. Au contraire, c'est indispensable pour les femmes de prendre soin de leur corps, de se sentir bien dans leur peau, d'être la meilleure version d'elles-mêmes. Simone de Beauvoir disait que « On ne naît pas femme, on le devient ». Eh bien, je dirais qu'on ne naît pas femme forte, on le devient grâce à la maîtrise de son image.

Je hausse un sourcil. Que vient faire Simone de Beauvoir dans un van coincé à l'heure de pointe entre Shenzhen et Hong Kong ?

— Ce n'est pas nous qui inventons les canons de beauté qui asservissent les femmes. Ce n'est pas moi qui ai décidé que ma peau blanche et les taches de rousseur qui apparaissent quand j'ai trop pris le soleil sont à la mode du jour. Nous les subissons comme tout le monde. Mais ce qu'on peut faire dans cette société où l'apparence ouvre des portes, c'est transformer nos faiblesses en force. Car « Tout ce qui ne nous tue pas nous rend plus forts », n'est-ce pas ? Je ne sais plus de qui est cette phrase, mais quelle inspiration ! Nos produits blanchissants peuvent devenir notre armure, nos munitions pour donner à toutes les femmes leurs chances de réussir. Nous pouvons toutes être belles. C'est ça, notre mission, et c'est très puissant.

Aurélia est partie trop loin. Et son dernier slogan ne marche pas sur moi. Les humiliations ne m'ont pas endurcie, elles m'ont rongée. Chaque remarque acerbe m'a laissée plus fragile, chaque silence m'a volé un peu plus d'estime de moi. J'ai passé tant d'années à me morfondre avant d'oser ramasser les morceaux et me relever. En l'absence de réaction de ma part, Aurélia change son fusil d'épaule et me lance avec un sourire qui appelle à la confidence :

— Et sinon, avec Nicolas, ça se passe bien ?

Je sens mon estomac se nouer.

— À vrai dire, je ne sais plus… Je crois que je suis perdue, dis-je à voix basse, presque honteuse. J'ai l'impression qu'on est dans une impasse. Je pense que Nicolas ne m'apprécie pas vraiment comme je suis.

Aurélia se décale sur la banquette, se rapprochant de moi, prête à sauver une âme en peine.

— Oh, ma chérie…, commence-t-elle avec tendresse. Tu sais, les hauts et les bas, ça arrive dans toutes les relations. Nicolas, je le connais bien. C'est un bon parti, il est beau gosse, il a tout pour lui.

On ne dirait pas qu'elle parle d'une relation intime mais d'un achat immobilier avec prêt sur trente ans. J'ai envie de baisser la vitre de la voiture et d'allumer une clope, je n'en ai pas grillé une seule depuis le départ et ça me démange.

— L'amour, c'est pas tous les jours facile, continue-t-elle, parfois il y a des épreuves que les partenaires doivent surmonter pour être ensemble.

Elle me regarde avec une intensité théâtrale, comme si elle jouait dans un film où l'amour s'écrit avec un grand A. Elle est Julia Roberts dans *Coup de foudre à Notting Hill,* qui sort Hugh Grant de la poussière des livres et de la monotonie de son quotidien. Elle est Kristen Stewart dans *Twilight,* qui donne un sens à l'existence glaciale de Robert Pattinson, rongé par la culpabilité et la solitude.

— Je ne crois pas qu'il soit du genre à se remettre en question…, dis-je, dépitée.

— Tu te trompes, personne n'est figé. Tout le monde peut apprendre et changer, surtout par amour. Il a juste besoin de toi, s'il te plaît, ne baisse pas les bras. Votre histoire peut être la bonne.

Sans me quitter du regard, elle fait une courte pause, histoire de créer un peu de tension avant de balancer son argument ultime :

— Et tout le monde sait à quel point Nicolas te trouve belle !

À ces mots, une décharge violente me traverse. Il y a peu encore, j'aurais probablement succombé à cette tartinade de bons sentiments. Mais depuis quelque temps j'ai bien compris que l'amour ne suffit pas. Au fond, je crois savoir exactement où j'en suis.

FANTÔMES ET SURVIVANTS

Le téléphone fixe de mon père sonne dans le vide. J'ai essayé hier à midi, ce matin à l'aube, et même cette nuit, réveillée par une alarme programmée. Mais rien. Je commence à m'inquiéter pour de bon. Je compose le numéro de la loge. Pendant ces derniers mois, j'ai appelé la loge plus de fois que la concierge ne m'a adressé la parole du temps où je vivais dans l'immeuble. Dans ces échanges simples, j'ai le sentiment d'étreindre le fil invisible qui me relie à ma mère, comme si elle était là, présente dans nos conversations.

La concierge décroche après trois tonalités.

— Allô, bonjour, madame Tamélia ?

— C'est qui ? demande-t-elle d'un ton bourru.

— C'est Sam-Yut…

— Qui ça ?

— Sam-Yut, vous savez, la fille du monsieur…

Je m'y étais préparée, mais elle me coupe, et sa voix se fond dans l'infiniment doux :

— Ah mais oui, bien sûr, Sam-Yut ! Comment ça va, ma chérie ?

Elle me fait la conversation, me demande si tout va bien au travail et, bien sûr, si je vais bientôt me marier. Contre toute attente, les conseils intrusifs et non sollicités de la concierge m'émeuvent, car je n'ai personne d'autre, pas de tata fouineuse ou dramatique qui me les prodigue. La concierge est pour moi ce qui se rapproche le plus d'une figure maternelle. Apprécier cette femme qu'on a détestée me console et me trouble à la fois.

— Faut pas trop tarder, l'horloge tourne, tu sais ! Un jour, tu seras comme moi, une vieille femme qui radote au téléphone, et ce jour viendra plus tôt que tu ne le crois.

Je suis jalouse quand je vois des jeunes femmes de mon âge se promener avec leur mère. Elles flânent dans les allées des centres commerciaux, les bras chargés de sacs. Je les observe de loin et tends l'oreille. Souvent, la fille parle sèchement, l'air exaspéré : « Mais, maman, je te l'ai déjà dit, t'as déjà oublié ? » ou encore « Non, ça ne m'arrange pas, mais alors pas du tout ». Elle refuse les attentions et les cadeaux : « Arrête de m'acheter des choses dont je n'ai pas besoin. » Je sens alors une vague de violence monter en moi. Si je m'écoutais, j'irais gifler cette fille ingrate. Si seulement je pouvais rouspéter contre ma mère envahissante, me plaindre qu'elle me laisse des messages interminables et m'offre des gadgets superflus.

— Vous avez vu mon père ? je demande.

— Il n'est pas chez lui ?

— Non, ça fait plusieurs jours que j'essaye de le joindre.

— Ah, alors il doit être à l'association. Il y est souvent.

— Hein, mais quelle asso ?

Je n'aurais pas cru que mon père s'intéresserait à la vie locale. Je suis sous le choc. Évidemment, quand la concierge me décrit les activités de cette organisation, ça devient une « association de Chinois », à deux doigts de l'association de malfaiteurs ou du crime en bande organisée.

— Ils font des manifs et des banderoles. Ils aident des migrants et ces femmes obscènes qui attendent sur le boulevard. Ils les accompagnent à la préfecture pour les démarches mais, quoi qu'ils obtiennent, ils sont jamais contents. Il y a quelques années, ils étaient des milliers à la place de la République quand un Chinois d'Aubervilliers a été tué par des petits voyous. De toute façon, moi, j'y comprends rien. Les Chinois sont déjà les maîtres du monde, tout est *made in China*, alors que peuvent-ils vouloir de plus ?

Qui est donc mon père, cet étranger ? Comme ça, il tient une banderole dans une manif, alors qu'il n'allait pas aux conseils de quartier ? Il présente des dossiers de régularisation quand il ne s'occupait d'aucun papier pour nous ? Mais plus j'y réfléchis, plus la duplicité de mon père me paraît plausible. Quand il juge une situation malhonnête, il ne se laisse pas marcher sur les pieds. Il maîtrise l'art du détour, il aurait été un bon agent double. D'un sourire docile, il dit « oui, oui, d'accord » à la face des gens, et dans leur dos il fait tout le contraire. Mon père est fourbe comme la figure caricaturale du « péril jaune », ce stéréotype de l'Asiatique insaisissable qui, face à la force, préfère la ruse.

J'ai découvert cette facette de sa personnalité pour la première fois à la mort de ma mère. J'étais petite, mais je m'en souviens comme si c'était hier. Par une belle journée froide, avec un grand ciel bleu, on est allés au cimetière. En guise de portrait posé sur le cercueil, devant la couronne de fleurs offerte par la fleuriste de la rue de la Présentation, mon père avait choisi sa photo de mariage. Ma mère est belle dans sa robe 旗袍 *qipao*. Mes parents se sont mariés en rouge et ont fait leurs adieux en blanc. Le blanc est la couleur du malheur. Dans les enterrements chinois, les proches nouent des rubans de tissu clair sur eux.

J'ai découpé des bandelettes dans un vieux drap en lin qu'aucun client n'était venu réclamer. On avait affiché cette pancarte près de la caisse : « Passé 3 mois, nous ne sommes plus responsables des objets déposés. » Les fils délavés, minces et lâches, ployaient sous l'arête des ciseaux de couture. Au cours de la cérémonie au Père-Lachaise, ma petite tête ronde est enserrée dans un bandeau et mon père le porte en brassard de deuil.

On attend longtemps près du columbarium que la crémation s'achève. Mes mains sont gelées, et mes lèvres, gercées. Je collecte des pommes de pin sous les arches en pierre du monument funéraire. Mon père n'a pas pensé à prendre de gants ni de cagoule. C'était le genre de choses dont ma mère se chargeait. Les seules autres personnes présentes au même moment dans les allées du cimetière sont des pèlerins à la recherche de la tombe d'Oscar Wilde ou de celle de Jim Morrison.

On récupère ensuite ses cendres dans une urne en céramique sobre. Pas de marbre ou d'inscription en gravure, ce sont les consignes qu'il a laissées au croque-mort. C'était trop cher, et ma mère ne croyait pas à tout ça, seulement à la réincarnation. Au début, le monsieur refuse qu'on rapporte ses cendres à notre domicile.

— C'est la loi, dit-il.

Quelle loi empêche les gens d'emporter les restes de leur mère ou leur femme ? Plus tard, quand mon père dormait, j'ai ouvert l'urne : elle ne contenait que de la poussière. Mais le croque-mort n'en démord pas. Il nous explique que, si on ne les disperse pas dans le jardin du Souvenir, il faut louer une niche au cimetière. Alors mon père dit au monsieur « Oui, oui, pas de problème » en plongeant son regard dans le sien. Et, quand il s'en va dans son bureau chercher les tarifs, mon père coince l'urne de ma mère tout au fond de notre caddie, la recouvre du drap de lin déchiré qui reste, et on s'enfuit dans l'allée en courant jusqu'à la sortie. C'est presque un taxi-cimetière, si tu veux mon avis.

Après ça, tous les soirs, je demandais à mon père, incrédule :

— Mais Maman, elle est tout entière là-dedans ?

Et tous les midis, depuis ce jour-là, mon père lui achète un *banh mi* poulet-citronnelle. Un menu unique, comme un rappel constant du décès de sa femme. Ma mère s'appelle 雲 Wan, comme les nuages. Elle aime la pulpe acidulée des fruits de la passion des jardins de Siem Reap. Elle les cueille juste à point sur des lianes chargées qui poussent sans effort, aux côtés des liserons. Elle aspire le jus avec ses lèvres en cœur et fait craquer les graines sous ses dents. À son arrivée en France, elle apprend que les fruits de la passion sont hors de prix. Ils sont récoltés prématurément et flétrissent sous des emballages plastique pendant le transport en avion. Ma mère n'en mangera plus.

— Achète du raisin, c'est bien aussi, lui dit son mari.

Elle s'accommode de ces grappes aux couleurs d'automne, une saison qui n'existe pas au Cambodge, et de la saveur musquée de variétés qui laissent une pointe d'amertume sur la langue. Vertes, noires, violacées, surmontées de cette pellicule fine. Elle rince les grains en les trempant dans un verre d'eau puis les gobe, dépiaute la pulpe avant de recracher la peau et les pépins.

— Beurk, y a des trucs dedans, dis-je en faisant la grimace.

— Finis ton fruit.

— J'ai pas faim.

Je préfère le raisin sans pépins qu'on nous sert à la cantine sur des plateaux-repas. Je dévore les tranches d'emmental sous vide et les demi-pamplemousses recouverts de sucre cristallisé. J'ignore tout de la provenance des fruits que je mange. Les arbres du square Jules-Verne ne donnent que des marrons toxiques et du poil à gratter.

On jouait dans ce square avec ma meilleure amie Solange, la fille de Madame Tamélia. Elle la Portugaise, et moi la Chinoise, c'est ainsi qu'on nous appelait. Un jour, tout s'est arrêté parce que Madame Tamélia lui a interdit de jouer avec moi. À cause d'un mercredi, quand, à midi, ma mère a fait griller des 餃子 *gaau zi* dans sa poêle en fonte sur la gazinière. Solange et moi, on adore le croustillant de la pâte dorée collée au fond, la viande tendre et juteuse à l'intérieur. À table, elle s'exclame, la bouche à moitié pleine :

— Merci, tata, c'est trop bon, les raviolis chinois !

Le lendemain, Solange ne vient pas à l'école. Ni le jour d'après. La porte de la loge reste fermée et la maîtresse dit à la classe que Solange est malade. Intoxication alimentaire. La concierge accuse ma mère d'avoir empoisonné sa fille. Pour preuve, elle a vu un documentaire à la télé sur les *appartements raviolis,* des endroits où, dit-elle, les restaurateurs chinois entassent des raviolis dans des baignoires, ne respectent aucune réglementation, ni la chaîne du froid, ni le lavage des mains.

— Mais on ne tient pas de restaurant… et on n'a pas de baignoire, se défend ma mère, désabusée.

Depuis ce jour, après l'école, Solange file dans la loge et, moi, je n'ai plus le droit de l'approcher. Une fois, alors que j'essaye de lui faire un signe par la vitre, Madame Tamélia tire les rideaux d'un coup sec. Son chien, le caniche noir, grogne derrière la porte entrouverte et jaillit en aboyant, m'arrachant un cri de surprise. Avant que je ne puisse m'enfuir, ses crocs s'enfoncent dans mon mollet. La douleur est fulgurante, mais je serre les dents. Chez moi, je n'ose pas regarder le bobo, car je ne veux rien dire à mes parents. Je prie pour que le sang disparaisse. Le lendemain, dans les toilettes de l'école, je roule mon pantalon pour examiner la plaie, qui a gonflé. Très vite, la blessure s'infecte. Je dois aller à l'hôpital. Là-bas, le médecin lève un sourcil :

— Tu dis que tu es tombée ? Pourtant, ce n'est pas une chute mais une morsure. Vous voyez, monsieur, les traces des crocs, là ? Il y a un chien chez vous ?

Mon père ne dit rien sur le moment, mais son visage s'est fermé. En rentrant, il explose. Il hurle qu'il va tuer ce chien de malheur. Ma mère tente de le calmer :

— Tu vas nous attirer des ennuis, laisse tomber. Le mal est fait.

Chaque jour après l'incident, mon père achète du raisin. Chaque jour, il appâte le chien de la concierge avec un grain soigneusement enveloppé dans un bout de viande, attendant qu'elle tourne le dos pour le lui administrer. Au bout d'une semaine, le chien est mort. Solange est envoyée en pension et je recouvrirai ma cicatrice d'un tatouage.

POST SUR FACEBOOK DE SOURCE ANONYME

archive du 4 septembre 2016

De mémoire de Parisien, on n'a jamais vu ça. Le lendemain, la presse imprimera des brèves et les chaînes de télévision diffuseront des scènes de la marche que certains qualifient à voix basse de manif de Chinois. La foule sur place agite pourtant des petits drapeaux bleu-blanc-rouge et les personnalités politiques qui se succèdent sur l'estrade à l'appel des comités d'organisation n'ont rien d'étranger. Du haut de son piédestal, Marianne s'est drapée de banderoles et d'idéogrammes qui condamnent la violence. À terre, les statues qui l'entourent sont, elles aussi, habillées de slogans réclamant justice.

« Maman, ils font quoi, ces gens ? » demande un enfant à sa mère. À l'oreille, elle lui explique qu'un monsieur est mort parce que ses agresseurs croyaient qu'il avait de l'argent liquide sur lui. « C'est raciste. Il est mort parce qu'il est chinois. »

Un portrait du couturier d'Aubervilliers qui a succombé à ses blessures repose sur un lit de fleurs blanches et de cierges brûlants. La cire a coulé, avalé les pétales fanés, moulé les bris de verre et soudé aux pavés le visage de Zhang Chaolin sous son cadre vitré.

Les pancartes défilent. « LE RACISME TUE » et « NE M'APPELLE PAS CHING CHONG » surplombent les mentons relevés et les visages déterminés sur la place de la République. Sur un coin du trottoir, accroupie sur ses talons, une femme barbouille un morceau de carton à l'aide d'un gros marqueur noir, « STOP AUX PRÉJUGÉS ». Une autre femme saisit à son tour le marqueur et inscrit « ON NE NAÎT PAS GEISHA » sur un bout de papier. Sous son message, la manifestante trace un dessin à main levée : un doigt d'honneur.

Les gens rassemblés sur cette place connaissent la douleur du racisme dans leur chair. Ils s'engouffrent dans le cortège. Ils piétinent en chantant les slogans. Ils brandissent leurs pancartes. Ils sont nombreux. Ils chantent. Surtout ne rien lâcher.

RUPTURE

Dans toutes les histoires, il arrive un moment où le héros se retrouve face au boss de fin. Le rythme s'intensifie, les plans s'enchaînent et la musique pulse. Les mots sont des couteaux, les coups portés sont sans appel. On attend l'apothéose, l'ultime duel où les destins se scellent. Qui du Bien ou du Mal vaincra pour de bon ?

Mais, tu l'as vu, je ne suis pas destinée à la tragédie grecque, plutôt à un opéra d'ombres. Voire, dans mon cas précis, d'ombres *chinoises*. La dernière fois que j'ai vu Nicolas, c'était au Mademoiselle Dragon, en plein service, entre deux assiettes à dresser et une commande à lancer. Pas de dispute enflammée, de verres qui volent ou de phrases qu'on regrette. Pas de rage, pas d'écroulement devant le personnel et les clients.

— Qu'est-ce que tu me reproches, au juste ? GEISHA, c'est mignon… Je suis sûr que si je fais un sondage là, autour de moi, les gens seront d'accord. Tu veux que je te dise ? Je crois que tu fais fausse route. Il y a des choses beaucoup plus graves qu'un petit mot de rien du tout. Moi, tout ce que j'ai voulu, c'est te faire plaisir… Je t'ai jamais forcée et il me semble que t'as bien pris ton pied, je me trompe ? se défend-il, soudainement hautain.

C'est vrai, il ne m'a pas forcée. Il n'a pas élevé la voix, il n'a pas insisté. Mais il n'en avait pas besoin. Je suis programmée pour dire oui, pour sourire, pour plaire, pour me rendre disponible. Je m'excuse quand quelqu'un me bouscule, je change de trottoir si la personne en face prend trop de place. Depuis toujours, je remercie pour le moindre regard, le moindre intérêt, le moindre compliment, même ceux qui me disent que je suis belle *pour une Asiatique.* Depuis l'enfance, j'ai pris soin de ne pas gêner, ne pas contester. J'ai idéalisé le couple, j'ai voulu être l'élue d'un homme, un 鬼佬 *gweilo* de préférence, parce que c'est ce que les films montrent, ce que les pubs vantent, ce que la société récompense. Alors quand Nicolas m'a regardée, qu'il m'a adressé la parole, j'ai prié, espéré et accepté, même des choses que je n'aurais pas crues possibles en amour. Lui, tout ce qu'il a eu à faire, c'est tendre le bras pour cueillir le fruit.

— Je pensais que t'étais une fille *cool.* Mais t'es comme les autres, tu prends la tête.

Voilà, c'est fini. Le personnel chuchote et c'est moi qu'on regarde de travers.

Il hausse les épaules. Ça lui est égal. Une de perdue, dix de retrouvées. Dix autres dans mon *genre.*

Le pire, dans tout ça, c'est qu'il n'est pas une exception. On connaît tous un Nicolas, un expatrié à Hong Kong, Shanghai ou Singapour, qui *profite*, qui parle mieux que personne de la culture locale, mais n'a jamais pris la peine d'apprendre la langue, qui collectionne les conquêtes d'un soir, mais toujours le même *genre*. Je suis sûre que, toi aussi, tu en connais. Ces gens déclarent leurs revenus, trient leurs déchets, tiennent la porte à leur voisin et font même des dons réguliers aux ONG. Tu les connais bien.

Les larmes m'envahissent mais, cette fois, je ne me détourne pas, pour que Nicolas les voie. J'ai cru pouvoir passer au-dessus, mais elles ne s'enterrent pas. On m'a appris à les regarder comme une fatalité. C'est comme ça, ça l'a toujours été, ça ne peut être autrement. Mais pour moi c'est exactement le contraire : si je ne fais rien, alors ma fatigue deviendra permanente, une ancre suffocante pendue à mes jours, avec la certitude de couler plus bas que le fond.

LES NOUVEAUX TERRITOIRES

— T'aurais dû me dire que t'avais pas l'habitude de marcher, lance Gigi en riant doucement, les mains sur les hanches.

— Non mais t'inquiète pas pour moi, je gère…

— Tu en es sûre ?

Sur le chemin de crête accidenté, il est impossible de cacher mon souffle court, mes genoux tremblants, mes expirations qui s'échappent avec le vent. La vue est extraordinaire, les herbes hautes et la brume dansent en dessous de nous. Malgré le poids de mes jambes, l'horizon n'est que légèreté. Je m'arrête, soulagée, et prends une gorgée d'eau dans ma gourde.

— Tu sais, dans un film de Bruce Lee que je regardais petite, son personnage venait des Nouveaux Territoires. Alors j'ai toujours voulu les voir.

— Il ne te reste plus qu'à déménager.

— Chiche.

— Au moins, tu ne croiserais aucun expat.

— Pourquoi ?

— Excentré, résidentiel… Il n'y a que des Hongkongais qui vivent ici.

— Tu veux dire que les Nouveaux Territoires, c'est le vrai Hong Kong ?

Mon père adore Bruce Lee, une légende qui ne plie pas face à l'adversité. Le film qu'on regardait tous les Noëls sur M6, en version doublée, se déroule dans un restaurant chinois à Rome. Mais, si on enlève le Colisée, la fontaine de Trevi et les ruines antiques, ça aurait pu se passer dans n'importe quel Chinatown du monde. Ça aurait pu se passer à Belleville. Ça aurait même pu se tourner dans le pressing de mes parents. Les personnages font face aux moqueries, aux coups bas, aux intimidations, et prennent leur revanche de la plus belle manière qui soit.

— Personne ne se dresse comme le Petit Dragon contre l'injustice, avec autant d'élégance, je continue, pensive.

— 李小龍 Bruce Lee, c'est notre héros, c'est sûr. Mais si tu regardes bien on a beaucoup de héros autour de nous. C'est juste qu'il n'y a pas de caméra pour les filmer, me répond Gigi.

C'est vrai, on n'a pas toujours besoin de projecteur pour faire avancer les choses. Au Modern' Pressing, mes parents ne pratiquaient pas les arts martiaux, Dieu merci. Mais ils ont utilisé des outils à leur portée. Pas de techniques de combat, ni de boxe de Shaolin, mais du fer vapeur, des plateaux de nems et des grains de raisin. Je suis émue par cette pensée. Mes parents n'ont jamais courbé l'échine ou baissé les yeux. Ils ont résisté, ils ont tenu bon, à leur manière, et c'est déjà assez.

Devant nous, les collines verdoyantes de 獅子山, le rocher du Lion, sont traversées de routes sinueuses qui s'étirent jusqu'à la frontière. Au loin, les silhouettes des bâtiments rappellent la proximité de la ville, le contraste entre la sérénité de l'altitude et l'agitation des avenues. Le chemin tortueux va de pans recouverts de buissons touffus en terrains changeants, tantôt tassés, tantôt rocheux, jouant sur des pentes glissantes et des marches taillées à même le sol.

— Pourquoi ça s'appelle les Nouveaux Territoires ? Ils vont rester « nouveaux » combien de temps ?

— Ça dure depuis 1898, cette histoire. C'est toujours la même et ça dépend de qui l'écrit…, me répond-elle, en levant les yeux au ciel.

En gravissant le sentier, j'écoute ma respiration. Je suc et je colle de partout, mais ça me passe au-dessus de la tête. Je me focalise sur mon ascension, pas sur ses désagréments. Je marche sans m'arrêter. Je ne pense pas à ce qui m'irrite, à me recoiffer ou me demander si je suis bien habillée. Mes jambes épousent le relief, me rattrapent si je glisse, et c'est déjà assez.

— Dans cette direction, tu peux voir l'ancien site de l'aéroport Kai Tak, qui donne sur la baie de Kowloon, c'est la partie qui se détache sur l'eau. Ça ressemble à une piste d'atterrissage, dit Gigi en me tendant ses jumelles.

— Avec un gros bateau au bout ?

— Oui, un paquebot. Ça a été réaménagé en port de croisière mais, en 1978, un camp de réfugiés avait été installé dans des anciens baraquements de la Royal Air Force. On a accueilli là des Vietnamiens, peut-être d'autres nationalités, et des diasporas chinoises. Il y avait beaucoup d'autres camps, souvent dans des anciennes prisons, à Hong Kong, Kowloon et surtout dans les Nouveaux Territoires.

— Comment tu sais tout ça ?

— Mon père est prof.

D'un regard, je l'incite à poursuivre sa leçon d'histoire. Quand à Hong Kong accostent les Boat people qui fuient à bord d'embarcations de fortune, nombreux sont ceux qui ont des origines chinoises. On ne parle pas beaucoup de cette petite histoire dans la grande. Certains croient à tort que les Asiatiques forment un bloc homogène, une masse indistincte où toutes les cultures, les langues et les histoires se confondent. Comme si un Cambodgien, un Laotien, un Vietnamien, un Chinois de la diaspora et un Chinois du continent partageaient forcément la même identité ou les mêmes traditions. Comme si, sur ces bateaux, tous ces gens ne faisaient qu'un.

À Hong Kong comme ailleurs, les camps sont rudimentaires et surpeuplés, les conditions de vie sont précaires, marquées par l'insalubrité, la promiscuité et une dépendance totale à l'aide humanitaire. Si la communauté internationale a mis la pression aux autorités pour répondre à l'urgence, le gouvernement de Hong Kong est préoccupé par l'aspect sécuritaire et les difficultés de gestion des flux migratoires. Bien après le départ de mes parents pour la France, à partir de 1988 est décrétée la politique du « port fermé ». Les nouveaux arrivants sont refoulés, les camps sont vidés, parfois même par le biais de rapatriements forcés dans le pays d'origine, jusqu'à leur fermeture définitive à la veille de la rétrocession.

— J'ignore dans quel camp étaient mes parents. Les registres ont été détruits et les langues sont liées.

— Ça a dû être terrible. Ils ont certainement voulu oublier. Même si tu ne sais pas exactement dans quel camp tes parents se trouvaient, si c'est Kai Tak, Lantau, ou Hei Ling Chau, ou un autre, tu connais le chemin qu'ils ont parcouru. Tu peux deviner combien ces années ont pu être pénibles et les marquer pour toujours. Ce n'est pas aussi satisfaisant que d'entendre les détails de leur bouche, mais c'est un pas vers eux. C'est pour ça que les historiens et les professeurs continuent d'effectuer leur travail, pour que cette histoire continue d'être racontée et qu'elle parvienne, tôt ou tard, aux personnes qui doivent l'entendre.

— Tu as de la chance, d'avoir un père qui t'a transmis l'histoire de Hong Kong.

— Oui mais, tu sais, on ne se parle plus trop, lui et moi.

— Hein ? Mais pourquoi ?

— C'est compliqué, mais il est contre le mouvement prodémocratie. Il trouve que les manifestants en font trop. Il m'a dit : « Casser des distributeurs de billets et s'en prendre aux boutiques chinoises, ça ne sauvera pas

Hong Kong. » Il pense qu'il faut faire les choses autrement, éduquer les gens, changer les mentalités… Mais on n'a simplement plus le temps.

À Hong Kong comme ailleurs, la population n'est pas un bloc homogène, ni une masse indistincte. Ils ne partagent pas forcément la même identité, et encore moins les mêmes opinions. Face à l'histoire qui s'écrit, les Hongkongais ne font pas qu'un.

— Merci.

— C'est rien.

— Si, c'est beaucoup.

— Alors OK, j'accepte tes remerciements.

— Mais, tu sais, c'était pas la peine de me faire monter jusqu'à ce sommet perdu dans la cambrousse pour me dire tout ça, ça aurait été plus vite fait de m'envoyer un vocal.

— Bah non, tu devais mériter ton histoire du soir, alors faut suer un bon coup avant…

On se roule en riant sur les herbes folles du sentier. Puis elle me donne la main pour me relever.

— Allez, maintenant, on redescend. C'est le plus dur, alors accroche-toi !

BLOG DE L'HISTORIEN DE L'EX-INDOCHINE

archive

L'exode des Chinois vietnamiens : une tragédie de la fin des années 1970

Entre 1978 et 1980, une campagne de nationalisation et de collectivisation menée au Vietnam a ciblé les Hoa, une minorité chinoise, dans un contexte de tensions croissantes avec la Chine. Accusés par le régime vietnamien d'être une cinquième colonne à la solde du voisin chinois, les Hoa ou Chinois d'outre-mer ont subi des expropriations, des discriminations systématiques et des violences, entraînant un exode massif.

Des commerces, des usines et des terres agricoles sont confisqués sous la menace, des saisies sont déguisées en dons volontaires. À Cholon, le quartier chinois de Hô Chi Minh-Ville (anciennement Saigon), des entrepôts sont réquisitionnés, et des familles, expulsées. Liquidités et bijoux sont collectés de force. Les écoles chinoises sont fermées et les enfants sont intégrés dans des institutions vietnamiennes. Les Hoa sont exclus de certaines professions et nombre d'entre eux sont déclarés apatrides, ce qui les prive de droits fondamentaux. Cette marginalisation économique, culturelle et sociale a profondément fracturé cette communauté présente depuis plus d'un millénaire sur le sol vietnamien.

Des violences directes aggravent le climat de terreur : humiliations publiques, arrestations arbitraires et destructions de logements sont courantes. Certains sont envoyés dans des camps de travail éloignés, tandis que d'autres font l'objet de délations encouragées par les autorités locales, instaurant une méfiance généralisée.

Face à ces conditions, des centaines de milliers de Hoa fuient le Vietnam, beaucoup sur des embarcations de fortune. Cet exode, qui coïncide avec la vague d'immigration dite des boat people, révèle au monde l'ampleur de la répression et des souffrances infligées à cette communauté, page d'un chapitre sombre de l'histoire vietnamienne.

CONSUMÉE

Je suis allongée sur la table et le cuir synthétique colle à ma peau moite. L'air du salon de Gigi sent un mélange de solvants doux et de transpiration, prélude à la métamorphose. Sur mon corps, la peintresse promène son pinceau qui me chatouille par moments, et à d'autres me caresse à rebrousse-poil. Gigi est assise à côté de moi. Sa main tient la mienne.

— Arrête de bouger et respire, murmure-t-elle.

— Ne me dis pas de respirer, je ne suis pas en train d'accoucher !

On se retient de rire, parce que la peintresse nous a à l'œil. Elle travaille sans relâche depuis des heures, le front plissé comme une chirurgienne en pleine opération à cœur ouvert. Ses pinceaux sont alignés sur une petite table en acier, et sa palette de couleurs est plantée dans son autre main. Elle a commencé par une base de blanc opacifiant pour faire ressortir les pigments, et superpose à présent les couches comme une aquarelliste sur un canevas. Elle opère des dégradés minutieux, éponge délicatement pour fondre les aplats, trace à main levée des lignes qui s'entrelacent sur mon corps, sa toile vivante.

Gigi part dans la cuisine et revient avec une canette givrée. Elle arrache la languette et glisse une paille à mes lèvres. Le liquide glacé s'écoule dans ma gorge. Je n'ai jamais rien bu de meilleur.

— C'est bientôt fini ?

L'artiste lève la tête.

— Je t'avais prévenue que ce serait long. Si je m'arrête là, ça n'aura ni queue ni tête...

— Oh, je rigole... Si on ne peut pas faire de blague quand on est à poil sur une table grinçante...

La peinture s'étend sur ma peau. Le pinceau se balade sur mes bras, mon dos, autour de mes hanches. Sur mon mollet, il recouvre l'inscription « *Break free* » par-dessus la cicatrice de mon enfance. Je repense à la transformation promise par l'oracle et, quand l'œuvre est tout à fait terminée, je me lève et admire mon image entière dans le miroir. La vue de mon corps *pimpé* me coupe le souffle et je prends conscience de ce qui est en train de se passer. Je me suis réincarnée en dragonne, la même que celle qui orne les murs du Mademoiselle Dragon mais en mieux.

— Est-ce qu'on est prêtes ? demande Gigi de sa voix la moins tranquille.

Puisque l'encre est sèche, je réponds sans hésiter :

— L'heure du spectacle a sonné.

Gigi enfile une veste, et moi, un trench, avant de sortir prendre le MTR jusqu'à la station Admiralty. On s'engouffre ensuite dans la foule compacte qui se presse sur les escalators. La marée uniforme de costards et tailleurs gris se déverse en continu hors des bureaux pour se rendre au sport, chez des amis, au restaurant. Mais tout ça n'est plus moi, j'ai un autre plan, à présent.

Devant la porte d'entrée du Mademoiselle Dragon, je suis happée par les souvenirs acides qui remontent. Les phrases qu'il m'a dites par-ci, les gestes qui m'ont heurtée par-là. Je fais une halte et prends une grande inspiration. Pour me retenir de faire demi-tour et de tout abandonner, j'attrape la main de Gigi et la serre fort.

Une hôtesse nous demande si nous avons une réservation.

— On a demandé une table avec vue, répond Gigi avec assurance.

— Certainement, suivez-moi. Voulez-vous laisser votre manteau au vestiaire ? nous demande-t-elle.

— Non merci, surtout pas, je murmure à moi-même.

En entrant dans la salle, je repère immédiatement Nicolas dans sa cuisine ouverte. Une contraction me soulève les boyaux. Gigi me serre la main encore plus fort. Je calcule ma trajectoire en ligne droite vers le bar, d'où le Bouddha géant n'a pas bougé. Je me promets d'aller prier au temple pour me faire pardonner quand tout sera terminé.

Une fois installées à la table, nous passons commande auprès d'une serveuse. Dès qu'elle tourne les talons, Gigi sort son téléphone.

— Moteur… action, déclare-t-elle en lançant le *live* sur ses réseaux sociaux.

Au signal, je me lève, les jambes chancelantes. Je me déchausse, pose mes lunettes de soleil et lâche mes cheveux. Mon trench glisse sur le sol, révélant mon corps entièrement peint. Au début, seuls les clients proches de notre table s'arrêtent de parler, puis, au fur et à mesure, le silence tombe dans mon sillage pour gagner toute la salle. Ceux qui croient à une performance artistique sortent leur téléphone pour filmer. Je grimpe sur le comptoir, le marbre glacé sous mes genoux.

Au même moment, des silhouettes complices se lèvent une à une dans mon champ de vision et montent à leur tour sur les tables. Vers le fond, je reconnais les deux collègues qui se tiennent bras dessus, bras dessous. Un peu à ma gauche, une ancienne employée du restaurant se dresse, tête haute. À ce signal, d'autres femmes dispersées dans la salle, qui composent notre groupe, grimpent sur leur table en soutien.

On ne crie pas, on ne casse rien. On a juste décidé que cette fois on ne se laisserait plus manger.

Je m'allonge de tout mon long sur le bar. La clim me souffle droit dessus, mais je n'ai pas froid, au contraire, le feu me brûle. Je fais des gestes lents, je me retourne, j'ouvre et je ferme les jambes. Je prends la pose de Mademoiselle Dragon.

— Non mais ! C'est un lieu public !

— Elle n'est même pas épilée du bas…

Cette dernière remarque me fait sourire.

Nicolas surgit alors de sa cuisine, éberlué.

— C'est quoi ce cirque ? Sam ? SAM, C'EST TOI ? Mais qu'est-ce que tu fous ? Descends de là ! Mais ça va pas la tête ?!

Plus il crie, plus ma dragonne danse sur son comptoir, je fais de grands mouvements et ondule de tous mes membres. De leur côté, les autres participantes gesticulent sur leur piédestal sous les regards incrédules des clients. Certains quittent le restaurant, indignés. Notre chair et nos os les dérangent, ils préfèrent voir Mademoiselle Dragon en 2D, plaquée sur les murs, sans vie.

Les agents de sécurité arrivent, brassards orange, visages froncés.

— Appelez la police ! aboie Nicolas.

— C'est tout simplement SCANDALEUX ! s'insurge une femme aux premières loges.

— Après tout, elles sont pile dans le thème, applaudissent des clients amusés.

Le *live* est repartagé des dizaines et des milliers de fois, accumulant les vues en temps réel. Les commentaires fusent.

RoninFly : C'est un restaurant ou un bordel ?

DeniseForever : Le chef est un gros fétichiste de merde. Tout le monde le sait et personne ne fait rien.

DimSumDragon : Stop la cuisine fusion, on n'a pas besoin de vous pour sublimer nos traditions, elles sont très bien comme elles sont !

Angela852 : *Love us like you love us naked.*

Les agents font descendre les filles des tables, mais elles remontent aussitôt, comme des pop-ups indésirables qu'on essaye désespérément de fermer. L'un d'eux m'attrape le bras pour m'escorter dehors, façon vigile du samedi soir, mais je me débats, lui échappe et me mets à courir autour du bar, poursuivie par deux montagnes de muscles en chemise noire. Finalement, ce n'est pas si mal d'avoir des petits seins qui ne valdinguent pas au jeu du chat et de la souris. Pendant qu'ils sont occupés à nous pourchasser, personne n'a remarqué l'énorme graffiti « PAS TA GEISHA » qui orne désormais les murs. Ce n'est plus leur scène, c'est la nôtre.

ALLÔ PAPA BOBO

Il est 2 heures du matin pour moi et probablement l'heure du film du soir pour lui.

— 樂女, c'est toi ?

— Salut, Papa.

— Pourquoi tu m'appelles ? Ça ne va pas ?

— Je te réveille ?

— Non, je dormais pas.

— À ton asso, ça se passe bien ?

— Il y a du travail.

— Tu y fais quoi de beau ?

— Oh, rien d'important.

Normalement, à ce moment de la conversation, trente secondes après son commencement, le malaise s'installe. Mais cette fois je suis déterminée à continuer l'appel.

— Tu as besoin d'argent ?

— Non.

— Des problèmes avec la police ?

— Non, pas du tout ! Juste une amende pour obscénité publique.

— JUSTE une OB-QUOI ?

— T'inquiète pas, tout va bien. C'est pas pour ça que je t'appelle.

— …

— Je me disais… qu'on parle pas beaucoup, toi et moi.

— Je suis pas doué pour ça, tu le sais bien. Ta mère, elle savait faire…

Un petit silence s'installe pendant lequel j'entends qu'il actionne le relève-pied électrique de son fauteuil en skaï massant-chauffant, que je lui ai acheté avant de partir.

— Je voulais te dire que je suis désolée.

— Désolée pour quoi ?

— Pour tout.

— Mais qu'est-ce que tu racontes ? J'aime pas ça, quand tu dis 唔三唔四 n'importe quoi. Tu parles comme ta mère…

— …

— Qu'est-ce qu'il y a, tu pleures ?

— …

— 樂女, écoute, ce n'est rien, ce n'est pas grave, on va arranger ton souci avec la police, dis-moi qui je dois appeler…

J'aurais voulu dire tant de choses à mon père, mais rien n'est sorti de ma bouche.

J'aurais voulu lui dire que j'ai honte d'avoir eu honte de lui. Au collège, au lycée, puis dans cette école de commerce qu'il a payée rubis sur l'ongle, j'ai refoulé mon père parce qu'il passait sa journée dans son pressing, à s'user les mains, à répondre « oui, oui, pas de problème » aux « honorables clients ». J'ai cru que je pouvais ressembler à ces camarades de familles riches qui n'ont pas de limite sur leur carte bancaire. Je me suis éloignée de lui pour obéir à un monde qui ne nous respecte pas, et je me suis perdue.

J'aurais voulu lui dire que je me suis trompée sur l'amour. J'ai cru que, parce qu'il ne disait pas « je t'aime », il ne m'aimait pas. J'ai cru que, parce qu'il ne m'enlaçait pas, il ne se souciait pas de moi. Alors que son amour prenait la forme des draps pliés, des sourires polis, des économies. Son amour n'avait pas besoin de déclarations ou de gestes démonstratifs. Il était là, inébranlable. J'ai couru après des « je t'aime », des câlins et des faux-semblants, et je me suis égarée.

J'aurais voulu dire à mon père que je souffre de la distance creusée par les erreurs, les années, les silences, le décalage horaire, la course contre la montre qui font de nous des étrangers. Malgré cette distance qui ne cesse de grandir, je pense souvent à lui, seul dans cet appartement où les *banh mi* flétrissent et les cartes postales jaunissent.

J'aurais voulu dire à mon père que je mesure ce qu'il m'a offert. Il m'a préparée. Il m'a poussée, il m'a rendue plus forte que je ne croyais être. Afin que je ne reparte pas de zéro où que j'aille, même si je dois me rendre sur une terre lointaine, même si ma maison m'est arrachée à la faveur d'une révolution ou d'une pandémie, même si mes certitudes s'écroulent, je n'aurai pas à tout reconstruire. Comme lui, je n'aurai pas à courber l'échine ni à baisser les yeux.

J'aurais voulu lui dire que je sais que la vie est imparfaite. Par moments, il a été un mauvais père et un mauvais mari, comme ma mère a été une mauvaise mère et une mauvaise épouse. Madame Tamélia a été odieuse, et pourtant c'est elle que j'appelle quand je suis inquiète. Je n'ose me plaindre de rien parce que je n'ai pas connu la famine et le froid, la peur des bombardements ou de la police aux frontières, comme mes parents. Mais en vérité ce qui serait indécent, ce serait de ne pas vivre pleinement, comme je le peux, comme je le veux, quelles que soient les cartes que le destin a mises entre mes mains.

J'aurais voulu lui dire que je saisis maintenant à quel point la vie est précieuse et absurde à la fois. Elle nous sépare les uns des autres, elle nous prive de ceux qu'on aime, elle nous vole du temps. Mais il reste ce lien, ce fil qui nous relie, fin, ténu, et je ferai tout ce que je peux pour le conserver. Ça ne sera pas facile. Il y aura des maladresses, des silences gênants, des abandons, des mots qui ne viennent pas immédiatement.

Il n'est pas trop tard pour nous parler. On peut commencer dès maintenant.

— Et sinon t'as bien mangé ?

— Oh, tu sais, comme d'habitude.

— *Banh mi* poulet-citronnelle de la veille de la sandwicherie de la rue Louis-Bonnet ?

— Mais pas la nouvelle qui fait l'angle. La vieille, celle qui a toujours été là.

— Évidemment.

Je crois que c'est un bon début.

JOURNAL DE PARIS

11 mai 2020

Dans les transports en commun parisiens, au plus fort de la pandémie, une scène devenue tristement ordinaire : alors qu'une jeune femme d'origine asiatique monte dans un wagon de métro, des murmures s'élèvent et des regards en biais sont posés sur elle. Puis, un homme change de wagon et s'exclame à voix haute : « Pas envie d'attraper votre virus chinois. » Ce n'est pas un cas isolé : insultes, menaces, agressions verbales et physiques. La peur gagne les communautés asiatiques en France. Les personnes perçues comme chinoises deviennent soudainement les boucs émissaires d'une crise sanitaire mondiale.

Dans les grandes villes françaises, des violences ont été rapportées : à Belleville, un quartier parisien dans lequel une large communauté asiatique a élu domicile, une femme raconte avoir été suivie par un groupe d'adolescents qui lui crachaient dessus en criant : « Rentrez chez vous avec votre virus. » À Toulouse, un étudiant d'origine vietnamienne a été pris pour cible après qu'un passant l'a accusé de « contaminer tout le monde ». Les réseaux d'associations locales déplorent une explosion de témoignages de victimes d'actes d'incivilité aux relents racistes.

L'impact économique de cette stigmatisation s'est fait sentir avant même l'annonce du confinement. Les restaurants asiatiques ont vu leur chiffre d'affaires chuter de manière dramatique dès janvier 2020.

Un restaurateur du 13e arrondissement de Paris confie : « Les gens ont peur de venir, même quand on respecte toutes les normes sanitaires. Pour eux, c'est devenu un risque de manger des nouilles. » Ce boycott implicite reflète un mécanisme de rejet viscéral, alimenté par la désinformation et les préjugés. La pandémie n'a pas créé ce racisme, mais lui a servi de justification pseudo-sanitaire.

Le racisme anti-asiatique ne date pas d'hier : la pandémie n'a fait que raviver des clichés anciens, un mélange d'altérisation et de rejet. « On n'en parlait pas, donc on pensait que ça n'existait pas », déplore une activiste. Pendant des décennies, les communautés est- et sud-est asiatiques ont été décrites comme la « minorité modèle » en France : discrète, travailleuse, bien « intégrée ». Mais ce masque vole aujourd'hui en éclats. « Un jour, on est les bons immigrés, et le lendemain on est un virus sur pattes », résume une militante. Ce basculement montre le mécanisme insidieux du racisme.

Au-delà de la pandémie, cette vague de haine pose une question essentielle : quelle société voulons-nous reconstruire ? Les blessures laissées ne se refermeront pas facilement. Lutter contre le racisme anti-asiatique, c'est reconnaître que chaque crise, qu'elle soit sanitaire, économique ou sociale, risque de réveiller nos instincts les plus bas. Le vrai défi est d'éduquer la société pour que, la fois prochaine, une autre minorité ne paye pas le prix de nos peurs.

L'HORIZON ET AU-DELÀ

Il y a une tige qui pointe le bout de son nez pas loin de ma fenêtre. Elle a trouvé son chemin là où rien ne semblait pouvoir pousser. Un mince éclat de vie, frêle, translucide. Elle a pris racine entre deux briques, s'accroche aux tuyaux d'évacuation, explore les interstices, contourne les rebords tranchants. Ses feuilles se déploient et verdissent, lorgnant vers le ciel. Par transparence, je vois les nervures et la lumière qui danse sur ses ailes. Une petite tige ordinaire qui fait fi des parpaings, des pluies acides, et continue sa poussée envers et contre tout, alimentée par de petits riens : un souffle, une goutte, un rayon.

De ma fenêtre, je vois cette tige. Elle ressemble à Hong Kong en milieu hostile. Les restrictions dues au Covid-19 l'ont terrassée, les rassemblements de plus de deux personnes sont interdits, les rues sont surveillées, et les contrôles policiers, omniprésents. Pour la première fois, la commémoration du massacre de Tiananmen à Victoria

Park a été annulée. Gigi n'a pas allumé sa bougie du 4 juin, un fragment de la mémoire du monde est maintenu dans l'ombre.

Chaque jour, l'incertitude s'étend comme un brouillard sur Hong Kong. L'avenir est flou. Pourtant, à l'instar de cette tige qui lutte pour sa dose de lumière, la ville respire dans ses recoins. Une vie secrète persiste, alimentée par une force qu'aucun décret, aucune interdiction, aucun emprisonnement ne pourra annihiler. Les restrictions pèsent mais n'anéantissent pas.

Rien n'empêchera Hong Kong d'être Hong Kong.

C'est peut-être mon insulte préférée en cantonais, et tu sais combien il est crucial de connaître ses insultes quand on apprend une langue. 阻住地球轉. Ça veut dire « stopper la rotation de la terre ». Si tu marches lentement dans la rue à l'heure de rush, si tu te trompes de côté pour faire une halte sur l'escalator, si tu mets trop de temps au resto à choisir ce que tu veux manger, quelqu'un peut te menacer : « 有冇搞錯呀 ! 阻住地球轉 ! Arrête d'empêcher le monde de tourner ! »

J'ai envie de prendre un mégaphone et de crier : « Écoutez-moi bien, bande de salopards, quoi que vous fassiez, vous n'empêcherez pas ma terre de tourner. »

Bientôt, je reprendrai le ferry qui traverse le delta de la Rivière des Perles. À mes oreilles, ce nom résonne comme un poème. Pendant la traversée, j'admirerai le rose du ciel avant la nuit qui s'abat, éclairée par les fenêtres des gratte-ciel. J'écouterai la mélodie de l'eau argentée balayée par un souffle venant des Nouveaux Territoires. Les jonques et les ombres des caravelles zigzagueront de nouveau entre les rives et les parfums du port. Je me pencherai au-delà du bastingage et j'apercevrai dans les reflets pétrolés ma plus belle histoire d'amour.

REMERCIEMENTS

Je remercie mon père, toujours à mes côtés. Ma mère, mon Oncle Phaly et ma Tata Soy Cow, toujours dans mes pensées. Ma sœur, mon frère, ma cousine Chin-Vin, ma Tata Heng Yi, mon Oncle Victor, ma Tata Panling, mes cousins Alvin et Hervin, mon Oncle Lim Ieng, mon cousin Alexandre et toutes celles et ceux qui ont passé leurs vacances derrière les comptoirs de la blanchisserie du 57, rue d'Alsace, et de 8, 38 et 168. Les vrais savent.

Merci à Kinson pour m'avoir fait découvrir Hong Kong comme on ouvre un coffre aux trésors.

Merci Andy, Isabelle, Rachel pour vos lumières. À toutes les amies qui m'ont prêté une table ou un canapé pour poser mon ordinateur et mes rêves.

Merci à Kei Lam, qui a illustré la couverture au-delà de mes espérances.

Merci à mon agente Julie Finidori, mes éditrices Gwenaëlle Desnoyers, Agathe Darricau et Alexane Lepoan.

À mes enfants et mon mari : pour l'amour, toujours.

Enfin, ce livre n'existerait pas sans une main chapardeuse qui, un après-midi au Salon du livre d'amour de Choisy-le-Roi, a glissé mon portable dans sa poche. Je ne suis pas rancunière, tu vois, je te remercie même d'avoir bouleversé ma soirée, passée à suivre les battements électroniques de mon téléphone : deux heures sur le parking de Belle Épine, puis une virée dans les Yvelines, un crochet à Bobigny, une échappée dans le Grand Est… Quelque part entre deux géolocalisations imprécises, j'ai eu un déclic. Ce livre a trouvé son second souffle. Alors je remercie Dipa, Camille et les bibliothécaires de Choisy-le-Roi pour leur invitation et pour t'avoir mise sur mon chemin.

Dans la même collection

Manu Causse, *La Maison du bonheur*

Nadège Erika, *Ce refrain qui te plaît*

Rebecca Benhamou, *Ce que je vole à la nuit*

Élodie Garnier, *Je n'oublierai jamais ta voix*

Claire Jéhanno, *Qu'importe la nuit*

Alexandre Galien, *La Liste d'Anouk*

Flore Montoyat, *Le Mauvais Rôle*

Thomas Gayet, *Point de fuite*

Sarah Barukh, *De bleu, de blanc, de rouge et d'étoiles*

Raphaël Zaoui, *Le Dernier sur la piste*

Eliane Serre, *Le Genre de la maison*

Agnès de Clairville, *Corps de ferme*

Constance Trautsolt, *Pour la peau de Shirley Page*

Mathias Malzieu (dirigé par), *Ô merveilleux de l'enfance*

Constance Rutherford, *Vierge*

Sophie Pointurier, *Femme portant un fusil*

Claire Jéhanno, *La Jurée*

Agathe Lemaitre, *Le Livre de Liane*

Émilie Guillaumin, *Petites dents, grands crocs*

Frédérique Voruz, *Lalalangue (prenez et mangez-en tous)*

Agnès de Clairville, *La poupée qui fait oui*

Matthieu Seel, *Rien ne dure vraiment longtemps*

Marie Aline, *Les Bouffeurs anonymes*

Louise Browaeys, *Fais battre ton tambour*

Nicolas Laquerrière, *Nueve Cuatro*

Sophie Pointurier, *La Femme périphérique*

Nicolas Maleski, *La Force décuplée des perdants*

Émilie Guillaumin, *L'Embuscade*

Anne de Kinkelin, *La Sourde Oreille*

Aurélie Jeannin, *Les Bordes*

Carine Hazan, *jean-jacques*

Sophie Reungeot, *Le Bruit des avions*

Gringe, *Ensemble, on aboie en silence*

Louise Browaeys, *La Dislocation*

Anne de Kinkelin, *12 bis, avenue du Maréchal-Joffre*

Aurélie Jeannin, *Préférer l'hiver*

Nicolas Maleski, *La Science de l'esquive*

Édité par HarperCollins France.

Composition et mise en pages
Nord Compo à Villeneuve-d'Ascq

Achevé d'imprimer : novembre 2025.

FIRMIN-DIDOT

à Mesnil-sur-l'Estrée (Eure)

Dépôt légal : février 2026.

Pour limiter l'empreinte environnementale de ses livres, HarperCollins France s'engage à n'utiliser que du papier fabriqué à partir de bois provenant de forêts gérées durablement et de manière responsable.

FSC
www.fsc.org
MIXTE
Papier | Pour une gestion forestière responsable
FSC® C108412

N° d'impression : 185737

Imprimé en France